ラルーナ文庫

アルファは薔薇を抱く

～白衣のオメガと秘密の子～

春原いずみ

三交社

CONTENTS

Illustration

亜樹良のりかず

アルファは薔薇を抱く

～白衣のオメガと秘密の子～

本作品はフィクションです。
実際の人物・団体・事件などにはいっさい関係ありません。

ACT　1

「先生は番《つがい》を持っていないんですよね」

　柔らかいクリーム色と明るいグラスグリーンで統一された部屋。外開きの大きめな窓には、ふんわりとレースのカーテンがかかり、射し込む光をまろやかに調節している。その光を左の肩に受けながら、桜庭《さくらば》千晶《ちあき》は静かに頷《うなず》いた。

「ええ。番は持っていません」

『美しい』という形容詞を形にしたら、きっと千晶の容姿になる。

　ほっそりとした華奢《きゃしゃ》な身体《からだ》つきだが、顔が小さいので、頭身のバランスは整っている。モデルのように……というよりも、千晶の容姿を表すなら、女優のように……という方があてはまりそうだ。それも清純派の、少女から脱したばかりの年代の女優だ。千晶の美しく整った容姿は、男性というよりも女性寄りで、しかも密《ひそ》やかな花のような艶《つや》やかさがある。伏せた瞼《まぶた》の完璧《かんぺき》なラインとしっとりと影を落とす長い睫毛《まつげ》。ふとこぼれ落ちたどきりとするほどの艶に、彼と向かい合うクライエントは、一瞬言葉を飲み込んでしまった。

「……どうして、番を持たないんですか？　せ、先生はオメガなんでしょう？」

クライエントは男性だった。

この社会には、六つの性が存在する。もっとも多いのが、男性ベータと女性ベータだ。この社会は、人類全体のほぼ八割以上を占める彼らで構成され、営まれている。

しかし、この社会を回しているのは、大多数を占めるベータではない。彼らベータの上に立ち、この社会を回しているのは、一握りのアルファだ。男女アルファは稀少種《きしょう》である。全人口の十%未満しか存在しないアルファだが、容姿、能力ともに抜きん出る彼らは、生まれながらにして、社会のトップに立つ宿命を背負っている。

そして、最も数が少なく、また虐げられる立場であるのが、オメガである。

オメガには、他の性と異なる身体構造や特性がある。一番顕著な特性が『ヒート』と呼ばれる発情期だ。思春期から始まるヒート期は、三カ月に一度の割合で訪れる。約一週間続くヒート期のオメガは、凄《すさ》まじい性衝動に襲われ、正常な日常生活を送ることはほぼ不可能となる。またヒート期のオメガに独特なのが、身体から発する『香り』である。人によって異なる『香り』は、同じオメガやベータには感知されにくいが、アルファには抗《あらが》いがたいほどの引力を持つフェロモンであるとされ、ヒート期のオメガがアルファに襲われる性被害もめずらしくない。

もう一つ、オメガの体質には特性がある。それが『番』に繋《つな》がる。

『番』とは、アルファとオメガの間に成立する独特の関係だ。アルファがオメガのうなじに歯を立て、噛《か》み痕《あと》を残すことによって、『番』の関係が成立する。一度『番』になってしまうと、その関係は細胞レベルのものなので、基本的に解消することはできない。『番』が成立し、二人の間に定期的な性関係が持たれるようになると、オメガのヒートは格段に軽くなり、そのヒート期の香りも第三者には感じられない程度になる。しかし『番』の相手との性関係がない場合や、『番』を亡くした場合のオメガは悲惨な状態になる。性関係がない以上、ヒートは軽くならない。しかし『番』の相手以外とはセックスができない。身体が受け入れなくなってしまうのだ。無理やりセックスしても、ヒートは軽くならず、快感も何もない痛みだけのセックスと激しい性衝動は、オメガを苦しめる。

「ええ」

千晶は静かに頷いた。

「私はオメガです」

すっと襟元に手をやり、シャツのカラーを軽く引くと、首筋にフィットする形のネックガードがのぞいた。不用意にうなじを噛まれないように、オメガなら必ずつけているものだ。

「番は……特に持たないと決めているわけではありません。私は……ヒートが軽いタイプのオメガなんです。香りも薄いらしくて、今まで、うなじを噛まれたことがない……それだけです」

「ヒートが軽い……か」

クライエントがふっと笑った。

「いいですね。僕なんて、十五の時に初めてのヒートが来てから、重くなる一方。毎回、自宅の地下に作ったセーフティルームに閉じ込められてた」

たいていのオメガは、ローティーンの頃からヒートの抑制剤を飲み始める。いつヒート期が始まるのか、まったくわからないからだ。抑制剤は何種類も製品化されているが、これといった決定版はないのが実情だ。みな、自分に合った抑制剤と服用法を見つけるまで苦労する。抑制剤でコントロールしきれないヒートを乗り越えるために、オメガを抱える家族が必ず作るのが、セーフティルームと呼ばれる部屋だ。防音が完璧で、鍵《かぎ》は外からしか開閉できないシステムが一般的である。抑制剤で制御しきれず、凄まじい性衝動に苦しむオメガを閉じ込めるための部屋である。ヒート期のオメガは性被害を受ける確率が跳ね上がる。その気がなくても、オメガの香りに引きずられるアルファに襲われてしまう可能性があるため、家に閉じ込めておくしかないのだ。

「……先生、セーフティルームに閉じ込められたことある？」

クライエントが言った。

「外から鍵かけられて……ご飯もろくに食べさせてもらえなくて……わかる？　人間扱いされないんだよ？」

「わかる……とは、言えないと思います」

千晶は正直に言った。

「私の実家にもセーフティルームはありましたし、ヒートの時にはそこに入りましたが、たぶん、あなたほどのつらい経験はしていないと思いますよ」

クライエントは、千晶よりも若かった。たぶん二十歳《はたち》になるかならないかだろう。

彼は『番』を持つことに失敗したオメガだった。抑制剤は服用していたが、ヒートのコントロールが上手くいかず、通学していた大学内で突然ヒート期に入ってしまった。香りがわからなくても、ヒート期のオメガは性衝動の抑えが利かなくなるため、見ればわかってしまう。彼は集団でレイプされ、その時、複数の相手にうなじを噛まれた。『番』は、基本的に最初にうなじを噛んだ者との間で成立する関係なのだが、ほぼ同時に複数に噛まれてしまうと、細胞レベルの混乱が起きて、うまく『番』の関係が結ばれず、かといって、他の者と『番』にもなれず……といった中途半端な状態になってしまう。こうなってしまったら、まずは血液透析と血漿《けっしょう》交換を行い、あとは時間をかけて薬物療法を行って、身体を素に戻すしかない。しかし、それでも戻らない場合もあるのがつらいところだ。

「……いっそのことさ、妊娠すりゃよかった」

彼は投げやりに言った。すさんだ瞳《ひとみ》が千晶を睨《にら》む。

「そうすりゃ、DNA鑑定で、少なくとも一人は特定できるもんね」

ベータ男性もアルファ男性も妊娠しないが、オメガ男性はヒート期でのセックスに限るが、妊娠し、出産できる身体構造を持っている。しかし、女性ベータや女性オメガと違い、その出産にはリスクが伴う。ほとんどの場合、正常分娩《ぶんべん》はできず、帝王切開になる。早産も多く、妊娠中や出産後に精神のバランスを崩す者もめずらしくない。

「その一人と『番』になりたいと思いますか？」

千晶は穏やかな口調で言った。

「あなたにとって、『番』とはどんな存在なのでしょう？」

「少なくとも」

彼は異様なギラつきを見せる瞳で、千晶を睨み続ける。

「『番』ができれば、そいつ以外にはレイプされずに済む」

聖マルガレーテ総合病院は、院内に教会を持つ病院である。敷地内に修道院があり、シスターやブラザーが普通に歩いている光景に、千晶も最初は驚いたが、慣れてしまうと、白衣と修道服が並んでいるのに、なんの違和感もなくなる。

「あ、新しいお菓子」

院内にあるカフェで、テイクアウトのコーヒーを買っていた千晶は、後ろから聞こえた声に振り返った。

「お姉ちゃん……」

「職場で、それはなし」

千晶の後ろにいたのは、長白衣のポケットに両手を突っ込んだ女医だった。長い髪を無造作にひっつめ、化粧もほとんどしていないが、顔立ちは整っていて、なかなかの美人である。

「ごめん」

千晶は微《かす》かに笑った。淡い桜色の唇から、少しだけ白い歯がのぞく。

「桜庭先生、今、お昼なの？」

「そう。今日は忙しくてね」

女医の名は桜庭美南《みなみ》。千晶の実の姉である。

「緊急の手術も入ったし」

「大忙しだね」

「千晶も……あ」

弟の名を呼びかけて、美南はぺろりと舌を出した。

「桜庭先生」

「僕は先生じゃないよ」

千晶はうっすらと微笑《ほほえ》む。

「僕は、ただの心理カウンセラーだよ」

桜庭千晶は、この聖マルガレーテ総合病院で唯一のオメガの心理カウンセラーだ。

ここには、他の医療機関にはない特別な施設がある。それが、通称『薔薇《ばら》の棟』と呼ばれるオメガ専門病棟だ。

宗教をバックボーンに持つここ、聖マルガレーテ総合病院では、頼ってくるすべての患者を受け入れることが基本だ。扱いの難しさから、一般の医療機関では敬遠されがちなオメガも積極的に受け入れてきた。いつしか、聖マルガレーテはオメガのオアシスと呼ばれるようになり、専門病棟を作ったのが五年前である。

千晶は、大学で心理学を学んだ。オメガに理解のあったクリスチャンの講師に紹介され、ここにカウンセラーとして勤務し始めたのが、二年前だ。

「千晶」

美南がそっと言った。

「どうした？　元気ないよ？」

「……大丈夫だよ」

性被害を受けたオメガのカウンセリングはつらい。いくら手がけても、慣れることはない。そして。

「やっぱり、番を持たないオメガは……だめなのかな」

「千晶……」

紙コップのコーヒーをそっと一口飲んで、千晶はため息をつく。

「もっと……わかってあげたいのに……。もっと……寄り添いたいのに」

美南は美しい弟の肩を軽く撫《な》でた。本当はぎゅっと抱きしめてあげたいところだが、さすがにここは人目がある。千晶は、院内の奥まったところにある薔薇の棟からほとんど出てこないので、美南と千晶が姉弟であることを知らないスタッフが多いのだ。

「あんたは優しすぎるの。カウンセラーなら、クライエントとの間に、きちんと距離を置いた方がいいよ。一体化しすぎると、あんたが壊れる」

「……お姉ちゃん……」

美南はぽんと千晶の肩を叩《たた》くと、サンドイッチの入った紙袋をぶんぶんと振り回しながら、勤務する産科外来に向かって歩いていった。

「あ、千晶」

美南はふいに立ち止まり、くるっと振り返る。

「今日、真尋《まひろ》のお迎え頼める？」

「あ、うん。大丈夫だよ」

「よろしく！」

美人女医は、さっと手を振って去っていった。

聖マルガレーテ総合病院には、スタッフの子供たちを預かる保育園『天使の園』がある。白い壁に赤い屋根の可愛《かわい》らしい建物だ。

「先生、さようならぁ」

「はい、さようなら。また明日ね」

「さよならぁっ」

花壇には、いっぱいのチューリップ。赤やピンク、白、黄色。千晶が子供の頃に見たものよりもみんな丈が低くて、とても可愛らしい。

「真尋」

その花壇の前にしゃがんで、チューリップの葉っぱをよじ登るテントウムシを見ていた子供が振り返った。小さな子供にしては、顔立ちがはっきりとしていて整っている。きりりとした眉《まゆ》と大きな目が、やんちゃな男の子っぽい。

「あ、千晶だっ」

真尋と呼ばれた男の子は、ぱっと立ち上がると千晶に抱きついてきた。

「待ってた！　ママが、今日は千晶が迎えに行くよって言ってたからっ」

「うん。遅くなってごめんね」

千晶は優しく微笑んで、真尋の少し汗に湿った髪を軽く撫でる。

「ああ、今日はママじゃなくて、千晶さんがお迎えでしたか」

近づいてきたのは、真尋のクラス、白百合《しらゆり》組の担任だった。

「いつもお世話になっています」

千晶は真尋の手を繋ぎながら、担任に頭を下げた。

「今日は姉が仕事なので、僕が迎えに来ました」

「真尋くんは、ママよりも千晶さんが大好きみたいですね」

担任も真尋の頭を軽く撫でる。

「でも、どうして千晶さんは呼び捨てなんですか？　えーと……真尋くんからすると、千晶さんは叔父《おじ》さんにあたるわけですよね？」

「ちがうよ」

担任の言葉に、真尋は不満そうに頬《ほお》を膨らませる。

「千晶は千晶だよ。叔父さんなんかじゃないもん」

「こら、真尋」

真尋は六歳だ。年長組なので、来年は小学生になる。

千晶は、美南と真尋と三人で暮らしている。職場やこの保育園と同じ敷地内にある職員住宅に住んでいるのだ。聖マルガレーテ総合病院は、とんでもなく広い敷地に建っていて、中には病院の他に、男女の修道院、保育園、学童保育、病児保育、そして、独身寮、家族持ちの職員住宅がある。

「さ、帰るよ。先生、ありがとうございました」

「はい。真尋くん、また明日ね」

担任に手を振って、千晶は真尋と並んで、歩き出した。

「真尋、ハンバーグできたから、お皿出して」

「はぁい！」

今日の晩ごはんは、煮込みハンバーグだ。休みの日にまとめて作っておいたハンバーグを解凍して、シャンピニオンをたっぷり入れたデミグラスソースで煮込む。

「ママ！　ごはんだよ！」

「はいはい」

洗濯物をたたんでいた美南が立ち上がった。真尋に手を引っ張られて、ダイニングに来る。ゆったりとしたダイニングキッチンには、椅子《いす》が三脚の丸いダイニングテーブル。そこに美南を座らせてから、真尋は食卓を整えるのを手伝い始めた。慣れた仕草で、大きめ

の白い皿を三枚取り出し、そっとお湯を張った洗い桶に入れる。あたたかい料理をのせる皿をあたためているのだ。そして、今度はご飯茶碗《ぢゃわん》を食器棚から出し、箸《はし》を引き出しから取り出す。

「ママはお箸並べてね」

「はいはい」

器用に、真尋がご飯を盛るのを確認して、千晶はハンバーグとつけ合わせのにんじんのグラッセ、マッシュポテトをあたためておいた皿に盛りつけた。さらに、たっぷりのグリーンサラダとマカロニサラダの盛り合わせとコーンスープをつければ、ささやかな夕食のできあがりだ。

「美味《おい》しそう」

美南が嬉《うれ》しそうに言い、真尋とハイタッチする。二人ともお肉が大好きなのだ。千晶もエプロンを外して、食卓につく。

「じゃ、いただきまぁす！」

真尋の声とともに、三人は和やかに食事を始めた。

「真尋、寝た？」

千晶がそっとリビングに戻ってくると、パソコンで仕事をしていた美南が顔を上げた。千晶は頷く。

「寝つきがいい子で助かる」

「あんたの子供の頃とそっくりよ」

美南が笑いながら言った。

「やっぱり、あんたの子ね」

「……でも、顔はあんまり似てないよ」

千晶は姉の隣に座ると、パソコンのディスプレイを覗《のぞ》き込んだ。

「何？　論文？」

「うん。ちょっとね」

姉弟は、ソファに隣り合って座り、少し冷めたコーヒーを飲む。

「……千晶」

「うん？」

美南は美しい弟の横顔を見つめる。似ている姉弟だが、やはり繊細な美しさは千晶の方が上だ。滑らかな曲線で作り上げられたその横顔は、血の繋がった弟とわかっていても、つい見つめてしまうくらい完璧に整って、美しい。

「……真尋のバース診断、見た？」

美南に尋ねられて、千晶はこくりと頷いた。

子供のバース診断は、たいてい小学校に入る前に行われる。六歳くらいにならないと、血中にあるバース診断に使う成分が安定しないのだ。場合によっては、ここでは正しい診断ができなかったり、結果が先送りになる場合もある。

「……アルファだったね」

美南は頷いた。

「まぁ……想定の範囲内だったけどね。私の子だったら、アルファは確率的にないけど、あんたの子なら……そうかなって」

真尋は千晶の子だ。

千晶が十七歳の時に妊娠し、周囲の反対を押し切って、命をかけて産んだ子だった。

しかし真尋には、千晶が産みの親であることは告げていない。

「千晶」

美南がため息混じりに言った。

「真尋はアルファだった。つまり……私の子である確率はほとんどない。いずれ……あの子も疑問に思うようになるよ」

「……わかってる」

稀少種であるアルファは、アルファと交わったオメガから生まれることがほとんどだ。

そして、アルファ男性と交わった男性オメガから生まれる確率が一番高い。

「ほんとにわかってんの？」

美南が苦い口調で言った。

「……真実を告げるなら、早い方がいいよ。思春期になる頃に知ってしまったら……」

千晶はこくりと頷いた。

「わかってる」

千晶は初めてのヒートで妊娠した。

性的な成熟が遅かった千晶は、ヒートがなかなか来ず、もしかしたらごく稀《まれ》にいる、ヒートのないオメガ、もしくはヒートがごく軽いオメガではないかと思われていた。

しかし、ヒートは突然に、最悪のタイミングで訪れた。

「でも……まだ言えないよ……」

千晶は自分を両手で抱きしめる。

言えるはずがない。

真尋は……千晶がレイプされて身ごもってしまった……悲劇の子だなんて。

ACT 2

「あっつい……」

今年は猛暑だ。ひどく暑い。外を歩いているだけで、息が苦しくなる。息を吸い込むと、喉《のど》から肺にまで熱い空気が流れ込んで、むせそうになってしまう。

重いかばんを抱えて、千晶は予備校の玄関に逃げ込んだ。

「ふぅ……」

ひやりと冷たい空気が頰を包む。首筋がすうっと涼しくなり、額の汗が引いていく。目に痛いくらいの陽射しの中から屋内に踏み込むと、一瞬周囲が見えなくなるくらい視界が暗くなる。幾度か目を瞬《しばた》いてから、千晶は掲示板に歩み寄った。

「えーと、今日の自習室は……」

高校三年生になって、千晶は予備校に通い始めた。本来であれば、もっと早く通いたかったのだが、家族の反対でなかなか行けなかったのだ。

千晶は一族でただ一人のオメガである。六歳の時、バース診断を受けて、オメガであることがわかってから、家族は腫《は》れ物に触るように、千晶に接してきた。特にヒートが始まる思春期になってからは、完全に千晶を避けるようになっていた。自宅にいる時の千晶は、まだヒートは来ていないのだが、自主的にセーフティルームで過ごしている。食事も一人で摂《と》り、部屋の外に出るのは学校に行く時くらいだ。

「え？」

大学に進学したい……心理学を学びたいと言った千晶に、家族はいい顔をしなかった。

オメガが職に就くことは難しい。いくら抑制剤でコントロールするといっても、やはりヒート期に普段通りの生活を送ることはほとんど不可能だ。オメガを持つ家族は、早く番の関係を結ばせて、厄介払いしたいというのが、正直なところなのである。若く美しく、妊娠が可能なうちに、高い地位にあるアルファの番になって、家を出ていってほしい。それが、オメガを持つ家族の本音なのだ。

「うそ……休講？」

進学したいと望む千晶を救ってくれたのは、姉の美南だった。産科医として、すでに独立していた美南は、千晶の学費をすべて出すと言ってくれたのだ。

『きれいで、その上学歴もあるオメガなんて最高じゃない。世界は広い方が生きやすいよ』

いつも、千晶は美南に助けられてきた。

ベータである美南が、千晶のことを完全に理解するのは、たぶん無理だと思う。しかし、美南は理解しようと努力してくれている。そして、淡い闇《やみ》にひっそりと沈もうとする千晶を、明るい陽の下に導こうとしてくれる。

「……困ったな」

千晶は、テキストや辞書で重たいかばんを足元に置き、もう一度掲示板を見た。

予備校の掲示板には、その日の休講や教室の割り当てが掲示されている。登録すれば、スマホに通知も来るのだが、登録にはお金がかかるので、千晶は通知の登録をしていない。予備校は、千晶の通う高校と自宅の間にあるので、定期券で通える。もしも、休講になっても、家に帰ればいいいだけだ。余計なコストはかからない。

「どうしよう……」

今日の千晶は、予備校で個人授業を申し込んでいた。苦手な科目や強化したい科目で『個人授業』として申し込むと、予備校側が講師を選んでくれて、自習室で九十分の個人授業を受けることができるのだ。

しかし、その講師が体調不良で休んでしまい、千晶の個人授業は中止になっていた。

「……自習だけして帰るしかないね……」

人見知りの千晶が、勇気を出して申し込んだ個人授業だった。受験に必須《ひっす》の英語を強化したくて、思い切って申し込んだのに。

「まぁ……こういうこともあるよね」

予備校に入学を申し込む時には、当然のことながら、バース性を知らせなければならない。アルファとオメガを隣り合った席に座らせるわけにはいかないからだ。

もしかしたら、オメガである千晶と狭い自習室のブースに入ることを、講師に拒否されたのかもしれない。千晶がふっとため息をついて、自習室だけでも使わせてもらおうと、教務課の前にある端末に向かい、自習室の申し込み変更をしている時だった。

「君」

後ろから、ふいに声をかけられて、千晶はびくりと肩をふるわせた。

「君、もしかして、小林《こばやし》講師の個人授業を申し込んでいた人？」

はっきりとした、よく響く低い声だった。

「その自習室、小林講師の担当室だよね」

千晶はそっと振り返った。

「はい……」

千晶の後ろに立っていたのは、背の高い男性だった。彫りの深いはっきりとした顔立ちは彫刻のように整っている。少し癖のある柔らかそうな髪がふわっと額に落ちて、栗色の瞳に淡く影を落としていた。彼は振り返った千晶を見て、ちょっとびっくりしたような表情で、淡い色の瞳を見開く。

「君は……」

「あの、そうです……。でも、小林先生、おやすみみたいで……」

小さな声で言う千晶に、彼はふわりと微笑んだ。

「それ、僕がやろうか」

「え？」

千晶は軽く首を傾《かし》げた。素直な前髪がさらりと額を滑る。

「あの……」

「僕は香月直哉《こうづきなおや》といいます。ここで数学を教えていますが、個人授業の英語なら教えてあげられます」

香月と名乗った講師は、まだ若かった。この予備校には、大学生のアルバイト講師がいる。彼はどうやら、その大学生講師のようだ。

「僕も、個人授業が急にキャンセルになっちゃってね。君と教務がいいなら、このままスライドして、君の個人授業を見てあげたいんだけど」

「香月先生……」

千晶はあっと頷いた。

〝香月先生って……すごく人気のある先生だ……〟

オメガである上に、もともと人見知りである千晶は、ここでも気軽に話す友達はいない。

しかし、そんな千晶の耳にも、香月の名は聞こえていた。

〝確か、医学部の学生だって……〟

香月直哉は、アルバイト講師の一人で、白鳳《はくほう》医科大学の学生だと聞いていた。爽《さわ》やかでハンサムな容姿と、わかりやすい講義で、常勤の講師たちより人気がある。

「どう？」

香月はにこっと笑った。思わず見とれてしまいそうなくらい素敵な笑顔だ。しばらくぼんやりとしていた千晶だったが、周囲のざわめきに、はっと我に返った。ちょうど講義が終わったのか、学生たちがぞろぞろと教室から出てきて、廊下で向かい合っている香月と千晶をじろじろと見ている。

「あ、あの……もし、よければ……」

千晶は慌てて言った。せっかく来たのだし、一人で自習するより、教えてもらった方がいい。その上、教え上手な人気講師だ。確か、なかなか個人授業の予約も取れないと聞いている。

「……教えていただけますか？」

千晶がそっと言うと、香月は魅力的な笑顔で頷いてくれた。

「じゃあ、手続きしていくから、君は先に自習室に行っていて」

予備校の自習室は、三畳間くらいの広さの個室だ。部屋は狭いが、防音はきちんとしているらしく、同じ作りの部屋がずらりと並んでいるのに、隣の音はまったく聞こえてこない。自習室とはいっても、個人授業を受けている生徒もいるはずだから、室内で話をしている部屋もあるはずだ。それでも、ドアをきちんと閉めていれば、音はまったく洩《も》れてこない。

千晶はドアについているテンキーに、自分のＩＤを打ち込んだ。予約をしてあるので、ロックが解除されて、ドアが開く。広い机にかばんを置き、中からテキストとノートを出していると、ドアが軽くノックされた。

「はぁい」

「香月です」

低く甘い声が聞こえた。

「はい、どうぞ」

ドアが開く。

「お待たせ。えーと、桜庭くん……桜庭千晶くんだね？　君の個人授業の担当を、僕に書き換えてきました」

香月が入ってきた。白いポロシャツにベージュのセンタープレスパンツという、爽やかなスタイルだ。

〝アルファかな……〟

反射的に考えてしまって、千晶は心の中で首を横に振った。

〝ないない。医学生なら……アルファってことはないよね〟

医師は、高い知的レベルが必要な職業ではあるが、基本は現場職だ。大学を卒業して、国家試験に合格しても、免許が取れるだけで、すぐに仕事ができるわけではない。所謂《いわゆる》下積みがとても長い職業でもある。こうした仕事につくアルファはほとんどいない。アルファの進路として一般的なのは、同じアルファの親の後を継ぐ企業オーナーか、政治家だ。突然変異的に現れるアルファも、たいていは子供に恵まれなかったアルファの一族の養子に入り、その後を継ぐ。アルファには生まれながらにして、人の上に立つ才能があり、それはベータやオメガではどうにもならない。

「どうしたの？」

千晶がぼんやりしていると、香月が覗き込んできた。彼の瞳は透き通るような栗色で、とてもきれいだ。千晶ははっと我に返った。

「な、なんでもないです！」

慌てて、テキストとノートを開く。それを後ろから香月が覗いてきた。無意識なのだろう、千晶の肩にそっと手をかける。

ふんわりと伝わる彼の手のあたたかさ。かすかな柑橘《かんきつ》系の香り。

「きれいにノートまとめてるね」

香月が褒めてくれる。

「どこか、わかりにくいところはある？」

「あ、あの……ここなんですけど……」

千晶は、テキストをめくった。

「ここの……構文がわかりにくくて……」

「ああ、これはね、品詞分解するといいね。できる？」

「えと……」

千晶が考えていると、香月が貸してと言って、ペンを手にした。そして、自分が持ってきたレポート用紙を一枚取ると、テキストに載っている構文をさらさらと書き写していく。ちらりとテキストを見ただけで、五行ほどの文章を覚えてしまったようで、一気に書き終えると、千晶を見た。

「これを、品詞分解する」

香月の栗色の瞳を、千晶の黒目がちの大きな瞳が見つめる。一瞬見つめ合って、香月が微笑んだ。

「目がおっきい」

「え……」

「君だよ。目が大きいって言われない？」

唐突に言われて、千晶はさらに大きく目を見開いてしまう。香月が笑い出した。

「ほんとに大きいね。瞳が大きいんだな。すごく可愛い」

「……」

香月は話しながら、さっさと単語にかっこや丸をつけて、品詞分解していく。

「こうやって……前置詞句をかっこでくくって……これは絶対に主語や動詞にはならない。修飾語と考えていいから、かっこでくくって……」

「あ、そっか。文章をシンプルにするんですね……」

「そう。それで、次は動詞を探す」

狭い部屋だ。香月は座っている千晶の後ろに立っていた。千晶の肩越しに手を伸ばして、レポート用紙に書き込みをしていく。千晶の華奢な肩に手を置き、こっちを見てと示しながら、よく響く声で説明を続ける。

「動詞の直前の名詞が主語になるね。そう考えると……この文章の意味が掴《つか》めてくる」

「あ、そっか……」

「主語を先に探したくなるけど、動詞から探した方がわかりやすい」

「はい」

千晶は香月を見上げた。二人の視線が絡み合う。

〝うっわぁ……〟

香月の微笑みは、優しくて、とても爽やかだった。微かなシトラスの香りがふんわりと千晶の頬を撫でる。

〝こんなに……近くに来てくれる人……初めてだ……〟

彼は千晶がオメガだと知らないのだろう。そうでなければ、こんなに近くにいてくれるはずがない。確かに自習室は狭いが、今まで二度ほどお願いした個人授業の講師は、いずれも千晶から距離を置いていた。おそらく、千晶がオメガだと知っていたのだ。

「あの……」

思わず、千晶は言いかけていた。

〝僕がオメガだって……知らないんですか？〟

「どうしたの？」

彼の手が、さらっと千晶の髪を撫でる。手入れの行き届いた、インテリジェンスを感じさせるきれいな手だ。

「ああ、ごめん。なんだか、君とは初めて会った気がしなくて」

彼が笑う。

「ごめん。べたべた触られるの、嫌だよね」

すっと離れていこうとするのに、千晶は慌てて首を横に振った。

「べ、別に……嫌じゃ……ないです」

オメガである千晶には、家族でさえ触れるのを避ける。学校でも、遠巻きにされがちだ。こんなふうに優しく触れてくれる人は、今までいなかった。

「全然……嫌じゃ……ないです……っ」

この時間がいつまでも続けばいい。優しい人との穏やかな時間。自分が、この社会の中の異質な存在であることを忘れられる時間。

「じゃあ、続けようか」

彼がすぐ傍《そば》に椅子を持ってきた。体温を感じられるくらい近くに座り、千晶が投げかける質問に丁寧に答えてくれる。

「……品詞分解ができれば、英文を読むのが速くなるよ」

香月がテキストをめくった。

「えーと……じゃあ、これにしようか。これ、品詞分解してみて」

「はい」

静かな部屋。千晶の細い指がペンを取り、香月に教えられた通りに、英文を読み込んでいく。

「……君は素直だね」

香月が言った。

「僕もいろいろな生徒を教えてきたけど、みんなが君のように飲み込みが早くて、素直だったら、教えやすいのにな」

「そんなこと……」

香月の教え方は、簡潔でわかりやすい。いらないことは言わず、ポイントをきっちりと押さえて教えてくれる。そして、何より。

「先生が……優しく教えてくれるから……」

今まで、個人授業をしてくれた講師は、なぜか高圧的だった。千晶がオメガだと知っているせいか「こんなのやったって、無駄だよ」とはっきりと言われたこともある。大学に入っても、いくら勉強をしても、オメガである千晶に、それを生かす未来はない。そう言いたげだった。しかし、香月は違っていた。千晶が頷くのを、とても嬉しそうに見てくれる。ためらうことなく、千晶の髪や肩に触れ、優しく褒めてくれる。

「すごく……わかりやすいです……」

ずっとこのままでいたい。この心地よい空気の中にいたい。

壁に掛かった時計。進む秒針が時を刻む。二人きりの優しい時間が過ぎていく。

きっともう二度と、こんな時間は訪れない。彼が知ってしまったら……千晶がオメガだと知ってしまったら……きっともう二度と個人授業をしてはもらえない。

〝そんなの……っ〟

どくんっと胸が跳ねた。

「え」

かっと身体が熱くなる。身体の中がいきなり発火したような……異様な感覚。

〝な、何……？〟

どくっと再び心臓が跳ねる。手足がすうっと冷たくなって、逆に頭は真っ白になるほど熱くなって。

「……どうしたの？」

突然黙り込み、両手で自分の胸を押さえた千晶に、香月が尋ねた。

「気分でも悪いの？」

「……いえ……」

心臓が胸を破りそうだ。机の上に水滴が落ちている……と思ったら、それは自分の額から落ちる汗だった。

〝うそ……〟

全身が火を点《つ》けたように熱い。特に……身体の中心が……熱くてたまらない。はっとして、自分を見下ろす。

〝まさか……〟

制服のスラックスに視線を落とす。薄い夏物のスラックスのフロントがふっくらと持ち上がっていた。

〝勃《た》って……る……〟

なんの刺激も与えていないのに、いきなり自分が性的な興奮状態に陥ったことに、千晶は愕然《がくぜん》とする。

「桜庭くん……？」

息が荒い。今にも、声を上げてしまいそうだ。身体が燃える。

〝これって……〟

思わず、身を縮めてしまう。熱い。熱くてたまらない。服を脱ぎ捨ててしまいたい。脱ぎ捨てて……。

「……っ！」

ふいに腕を摑まれた。

「……い、痛い……」

凄まじい強さだ。指先が痺《しび》れるほど強く、腕を摑まれる。

「……え……っ！」

引きずり上げられるようにして椅子から立ち上がらされた。音を立てて、机の上のノートやテキストが床に払い落とされ、恐ろしい力で、千晶はその机の上に押さえつけられる。

「な、何……」

仰向けに押さえつけられ、強引に制服のスラックスを引き下ろされる。ベルトも外していないので、白い肌に薄赤い擦過傷ができたが、お構いなしにスラックスを脱がされ、下着を下ろされた。

「い、いや……いや……いやぁ……っ！」

下半身を裸にされ、大きく両足を広げられて、千晶はようやく自分の身に何が起ころうとしているのかを理解した。

「やめて……やめて……っ！」

「……薔薇の……香りだ……」

低い声が聞こえた。熱い手が、千晶の内股《うちまた》をさすり上げ、大きく左右に押し開く。すでにそこはとろとろとしずくを溢《あふ》れさせていた。

「ものすごく……いい香りだ……」

この狭い部屋には、千晶の他には一人しかいない。

「……いい……香りだ……」

彼の目が吸い寄せられるように、千晶の柔らかく濡《ぬ》れた花びらを見つめている。

唐突に訪れた、初めてのヒートだった。ヒート期に入ったオメガは、常にセックスができるように身体が潤い、高まる。体温が急激に上がるため、衣服を着けているのがつらくなる。そして、その身体からは、アルファを惑わせ、引き寄せる強烈なフェロモンが発散される。それは甘い香りとなって、アルファを狂わせる。蜜《みつ》に群がる蜂《はち》のように、アルファを引きつける。

「や……あ……ああ……っ！」

思い切り、制服を引き裂かれた。千晶は恐怖のあまり、動けない。裸にされて、机の上に引きずり上げられ、強引に身体を開かれる。

「あ……あ……ああ……ん」

すでに、千晶の大切な宝珠は柔らかい草叢《くさむら》の中で持ち上がり、花びらから溢れ出すしずくで、太股《ふともも》までとろとろに濡れている。

身体が熱い。溶けてしまいそうだ。苦しい。息が苦しい。意識が混濁し始める。何もわからない。何も……。

「あ、ああ……っ！」

いきなり、燃えるように熱いもので、花びらを破られた。

「いやぁ……っ！」

痛みはない。ただ、熱い。圧迫感が凄まじい。息ができず、頭の中が真っ白になる。

「あ、あ、あ……っ」

彼は立ったままだった。裸の千晶を机の上に押さえつけ、立ったまま、いきなり挿入してきたのだ。細い千晶の腰をあざがつくほどに摑み、突き上げてくる。

「あ……っ！　ああ……っ！　ああ……ん……っ！」

めちゃくちゃに揺さぶられながら、千晶は悲鳴を上げ続ける。

「い、いや……っ！　やめ……て……っ！　いやぁ……っ！」

「ああ……いい……」

彼が熱に浮かされたような、吐息混じりの声を洩らす。

「……いい……すご……い……」

「あ、ああ……っ！」

むき出しのお尻《しり》を揉《も》まれながら、激しく突き上げられる。びりびりに引き裂かれた制服の上で、千晶は犯される。

「いや……いやぁ……」

悲鳴が少しずつ小さくなっていく。代わりに、甘ったるい吐息と微かな喘《あえ》ぎ。桜色に上気した肌から、むせかえるほど甘い薔薇の香り。

「あ……ん……あん……っ」

「……ああ……でる……」

彼が激しく腰を揺する。さっきまでの優しさをかなぐり捨てて、まだ未熟な千晶の身体を蹂躙《じゅうりん》する。千晶の痛々しいほど細い腰をぐいと抱え上げ、両足を思い切り押し開いて、深々と楔《くさび》を突き刺す。

〝瞳の……色……〟

激しく揺さぶられながら、千晶は彼の瞳の異様な輝きに、思わず息を止めた。

〝銀色……〟

それは、アルファの中でも特に能力の高い、通称『S』と呼ばれる特別なアルファにのみ現れる特異な形態変化だった。

〝やっぱり……アルファだったんだ……〟

胸の中にひとしずくだけ残っていた淡い思いが、泡のように弾《はじ》けて消えていく。

〝アルファだから……僕に……〟

アルファはオメガに引き寄せられる。それは運命でもなんでもなく、ただの本能。性的な興奮を伴う、原始的な……本能。

「でるぅ……っ」

思い切り仰《の》け反《ぞ》って、彼が千晶の中に欲望を吐き出す。銀色に輝く瞳がぎらぎらと異様に光り、桜色に上気して、微かな痙攣《けいれん》に震える千晶の身体を舐《な》めるように見つめる。

「あ、ああ……んっ！」

容赦なく、体内に熱いものをたっぷりと注がれて、千晶はぽろぽろと涙をこぼしていた。

「あ、あ、あ……っ！」

四つん這《ば》いにされた千晶が、背後から犯されている。すでに腕には力が入らなくなっていて、お尻だけを高々と持ち上げられ、揺さぶられている。

「あ……あん……っ！　ああ……んっ！」

かすれた喘ぎが洩れる。もうほとんど声はかすれて出なくなっているが、アルファの楔を受け入れるところだけが、尽きることのない熱いしずくをこぼし続け、太股から床まで濡らしている。

千晶を犯している彼は、千晶の発する薔薇の香りに溺《おぼ》れ、理性をすべてかなぐり捨てていた。アルファにとって、ヒート期のオメガは、ある意味恐ろしい存在だった。その強烈なフェロモンに当てられてしまったら、逃れるすべはない。どんな場所であろうが、誰《だれ》が見ていようが構わずに、本能のままに、オメガに襲いかかってしまう。

「もう……許して……」

千晶の頬に涙が伝わる。

「お願……い……もう……っ」

深々と楔を打ち込まれ、千晶が声にならない悲鳴を上げた時だった。

「……っ！」

自習室のドアが乱暴に開かれた。何人もの人間が一気に踏み込んでくる。

「ああ……っ！」

背後から縫い止められていた千晶は、突き飛ばされるようにして、床に叩きつけられた。

「早くっ！」

「……すごい力だ……っ！」

「ケガはさせるなよっ！」

ぼんやりとした視界の中で、彼が屈強なスーツ姿の男たちに拘束されるのが見えた。瞳を銀色に光らせ、暴れる彼に、男のうちの一人が何か薬物を注射した。より激しく抵抗していた彼だったが、わずか数秒でがくりと倒れ込み、男たちによって、自習室から連れ出されていった。

〝何が……〟

千晶は裸のまま、床に倒れていた。彼と幾度も交わり、体液をたっぷりと、あそこから溢れるほど注がれたおかげで、ヒートによる激しい性衝動はいくらかおさまっていた。しかし、身体の方はぼろぼろで起き上がることができない。

「……まったく……」

スーツ姿の男たちは出ていったが、まだ室内には数人が残っていた。しかし、誰も千晶を助け起こしてくれない。

「だから、オメガなんか入学させなきゃよかったんだ」

苦々しげに言った声に聞き覚えがあった。教務課にいる事務スタッフだ。

「いつかこうなると思ってたよ。まったく……迷惑な……っ」

「とりあえず、救急車呼びました。このままにしておくわけにもいかないし。他の生徒に被害が及ぶ前に、さっさと学校から出ていってもらわないと……」

「あ、救急車の音……」

室内には三人残っているようだった。千晶の身体から香るフェロモンが外に洩れないように、ドアは閉められている。救急車のサイレンは、窓の方から聞こえていた。

「あ、そうだ。忘れないうちに……」

ぐったりと横たわる千晶に、誰かが近づいてきた。

「どこでもいいって言ってたけど……」

ぐいと腕を摑まれる。

「なんだ？　それは」

「何か、やばい薬みたいですよ」

腕にちくりと痛みが走った。何かを注射されたようだ。

「何か……何時間分だかの記憶がなくなるらしいです……」

意識が遠のいていく。

「……そんなの使って……大丈夫……」

「未認可の薬……」

「オメガなら、別に何使ったって……」

ひたひたと寄せてくる重い眠りの波。脳細胞が折りたたまれていくような……不快な感覚。

〝僕は……このまま死んでしまうのかな……〟

もう床の冷たさも感じない。痛みも……何も感じない。

千晶は目を閉じ、意識を手放した。

「千晶……っ」

ぼんやりと目を開けると、一番に視界に飛び込んできたのは、今にも泣き出しそうな美南の顔だった。

「よかった……気がついたね……」

「お姉ちゃん……」

いつも凛《りん》としている姉の涙に、千晶は小さく首を傾げた。

「僕……どうしたの……？」

「千晶……」

「ここ、どこ？　僕、どうした……」

千晶は顔をゆがめた。

「……気持ち悪い……頭……痛い……」

「あ、ああ……ごめんね。いろいろ薬入れてるから……」

美南は白衣姿だった。ということは、ここは美南の勤務先なのだろう。

「とりあえず、あちこちケガしてるから、痛み止めと……抑制剤入れてる」

美南は、千晶のベッドの横に置いてある点滴台に下がっている点滴パックを見上げた。

「抑制剤……？」

「あんた……もしかして……」

美南は少し驚いたような顔をしている。

「何も覚えてないの？」

「抑制剤って……」

普通、オメガのヒートをコントロールするための抑制剤は、内服の形で投与される。ヒートの周期が安定するまでは、低用量を毎日服用し、ヒートが始まったら、用量を上げる形を取る。ヒートの周期がはっきりと予測できるようになったら、ヒートの一週間前から用量を上げた抑制剤の内服を始め、ヒートが終わるまで、そのまま服用を続ける。ヒートが終わったら、また低用量のものに切り替える。そんなサイクルで内服するのだが、点滴の形で入れる抑制剤は、ヒートの諸症状を一時的にではあるが、一気に抑え込むものだ。かなり強いものなので、血中濃度をモニターしながら投与される。

「僕、ヒートが来たの……？」

「千晶……」

「何も……わからない……」

千晶は、はっとしてベッドサイドに置いてある時計を見た。午後九時。すでに窓の外は真っ暗である。

「僕……どうしたんだろう……」

「千晶」

美南はベッドサイドの椅子に座った。

「あんた、どこまで覚えてる？」

「どこまで……？」

「今日は七月八日。今は午後九時。あんたはどこまで記憶がある？」

美南に尋ねられて、千晶は目を閉じた。

頭の中は空っぽだ。何も覚えていない。自分は誰だ？　何が起きて、自分はここにいる。気分が悪い。身体中が痛い。どうして……こんなに身体が痛いんだろう。あちこちひりひりして、関節もひどく痛くて。

「……よく……わからない。朝……起きたかどうか……わからない。七夕……のニュースとか見た記憶は……ある」

「七日までの記憶はありそうだね。八日の予定は？」

「……予備校に行く予定だった。個人授業を予約……」

頭が痛い。霧がかかったように、思い出せない。

「わからない……何も……」

「……わからない方がいいのかもしれない……」

美南はため息をついた。

「……あんたの腕には、自己注射に使う細い針の痕が残ってた。何か、薬物を使われたのね」

「薬物……？」

千晶は目を見開く。

「薬物って……」

「千晶」

美南が微妙に視線をそらしながら言った。

「その点滴には……緊急避妊薬も入ってる」

「え……」

「ただ……統計的に言って、あんたみたいな男性オメガには、緊急避妊薬は効かない場合が多い。基本的に、緊急避妊薬は女性のためのものだから、一応入れてはみたけど……たぶん効かないと思う」

千晶は思わず息を呑《の》んでいた。

「お姉ちゃん、僕……どうしたの？　ヒートが来て……どうしたの？」

じくじくと下半身が疼《うず》く。この疼きは、ヒートのためだけではないのだろうか。千晶は、自分の身体に何が起こったのかがわからない。

「……あんたを強姦《ごうかん》したやつがいる」

美南が絞り出すように言った。

「あんたは、予備校の自習室に倒れていたっていって、運ばれてきた。でも、それだけじゃないはずだよ。あんたは素っ裸で、着ていたはずの制服はびりびりに引き裂かれていて、身体はあざだらけだった」

「そんな……」

「……ごめんね。あんたのあそこを調べさせてもらった。ヒートが来たのは見ればわかったけど、それだけじゃなかった。あんたは……誰かと性交渉を持ってた。それも……たぶん、一度だけじゃない」

千晶は血の気が引いていくのを感じた。ひどく気分が悪くて、今にも気を失ってしまいそうだ。この身体の痛み、疼きはそのためだったのか。

「あんたが意識を取り戻す前に、あんたの荷物を取りに行くっていう理由をつけて、予備校に行ってきたんだけど……あんた、もうあそこに行くのやめなさい」

「お姉ちゃん……」

「自分ちの自習室で、預かってる学生が乱暴されたってのに、絶対にその事実を認めない。あんたはどうやら、記憶をなくさせるような違法薬物まで使われてるらしいのに、相手が誰かも絶対に言わない」

思い出せない。自分に何が起きたのか、千晶はまったく思い出せなかった。今日は予備校で、英語の個人授業を受けるはずだった。しかし、自分が予備校に行ったのかどうかも思い出せない。これほど、記憶というものは不確かなものなのか。

「たぶん、あんたのフェロモンにあてられて、衝動的に襲ったんだと思う。相手は……アルファだね。それも、あれだけ予備校が全力で庇《かば》うところ見ると、相当なバックボーンを持つアルファ」

「あ……」

美南は手を伸ばすと、反射的に怯《おび》える千晶の乱れた髪をそっと撫でた。

一瞬、胸がちくりと痛んだ。

「どうしたの?」

「あ、ううん……なんでもない」

誰かに、こんなふうに髪を撫でられたことがあるような気がした。こんなふうに……いや、もっと優しく。

〝そんなはずないのに……〟

オメガである千晶には、両親だって触れようとしなかった。バース診断が下されてから、千晶は美南以外の家族とは、ろくに話をしたこともなかった。美南だって、産科の医師となり、オメガに関する知識を十分に持って初めて、千晶とまともに接してくれるようになったのだ。それまでの美南は、千晶のことを可愛いと思ってくれているのはわかったが、これほど親身になってくれるところまではいかなかった。

「……とにかく」

美南はふうっと深く息を吐いた。

「無理だとは思うけど……できたら、忘れなさい」

「お姉ちゃん……」

「今のところ、あたしに言えるのはそれだけで、あとは祈るしかない」

「祈る……？」

美南は、千晶の擦り傷とあざだらけの腕を優しく取り、軽く自分の額に押し当てた。

「あんたが……あんたを傷つけたやつの子供を……身ごもっていないことを」

ACT 3

「千晶」

千晶のカウンセリング室は、聖マルガレーテ総合病院内、一般外来奥の重いドアの向こう、オメガ専門病棟二階にある。病室が並んだ一番奥まったところだ。病室がクリーム色のドアなのに対して、カウンセリング室のドアは柔らかいリーフグリーンである。

「あんた、具合悪いなら休みなさいよ」

そのドアを引き開けて、するりと滑り込んできた美南が言った。

「顔色悪いよ」

「……大丈夫」

千晶は、少し疲れた顔で微笑んだ。

もうじきヒート期に入る。昨日から抑制剤の量を増やしたので、なんだかふらふらする。

クライエントには「ヒートは軽い」と言っているが、これは嘘《うそ》である。クライエントの言葉を引き出すために、一時的にクライエントにマウンティングさせる。千晶はクライエントに「あなたの方が大変なのですよ」と印象づけるために、「ヒートは軽い」「フェロモンは薄い」「番になることを求められたことはない」と言う。

　しかし、実はヒート期の千晶が服用しているのは、数種類ある抑制剤の中でも最強クラスのものだ。副作用がきつく、これを飲んでいる間は食事もろくに摂れないのだが、このレベルでないと、千晶はヒート期を乗り切れない。番を持たない千晶は、これがないと激しい性衝動に翻弄《ほんろう》され、ヒートの間中、泣き叫び続けることになる。この薬が認可される前、一番ひどい時には、美南は泣きながら、千晶を手錠でベッドに繋いだことがある。それほど、コントロールしていないオメガのヒートは深刻なものなのだ。

「今日は外せないカウンセリングがあるんだ」

「外せない？」

「……番を強制解除されたオメガ」

　千晶は氷を浮かべた水を飲みながら言った。ヒート前の千晶が口にできるのは、冷たい水だけだ。固形物は一切口にできない。

「強制解除って……そんなの、今でもあるの？」

　アルファとオメガの間に成立する『番』は、基本的に永続的なものだ。一度結ぶと解除することはできない。しかし、時に起きるトラブルが、番の強制解除だ。アルファが何かの理由で、番となったオメガとの関係を解消したくなった場合、オメガの同意を得ずに意識を奪い、血液透析や血漿交換を行った上に、強い薬物を投与する。番を結ぶことに失敗した時と同じ処置だ。もちろん、番の強制解除は違法なことである。しかし、社会的に力を持つアルファが金にものを言わせることによって、その違法な処置は行われ続けており、中には薬物中毒で死亡したり、ひどい精神障害や後遺症に苦しむオメガが後を絶たない。

「あるよ。年に数件は見るかな」

千晶はため息をつく。

「……ひどいことだと思うけどね」

そして、自分の喉元に軽く指を触れる。

オメガが不用意にうなじを噛まれることを防ぐために装着しているネックガードは、さまざまな素材やデザインで作られている。千晶がしているのは、チタン製でコードを打ち込むことによって外せるタイプだ。

「千晶」

もう一口水を飲む千晶に、美南が言った。

「こんなこと言うのはなんだけど……あんたは番を持つ気はないの？」

「え？」

一瞬きょとんとしてから、千晶はうっすらと微笑んだ。

「どうしたの？　急に」

「だって」

美南は千晶の前にある椅子に座った。カウンセリングのクライエントが座る椅子は、千晶のものよりも座り心地がいい。クライエントにリラックスしてほしいという千晶の思いからだ。

「番の関係を結んで……定期的にセックスするようになれば、あんたのヒートは格段に楽になる。今みたいなきつい抑制剤はいらなくなるはずだよ」

ヒート期に入る前から二週間飲み続ける強い抑制剤は、間違いなく千晶の体力と気力を奪う。あんなものを数十年にもわたって飲み続けたら、身体はぼろぼろになるだろう。

「……番を持つ気はないよ」

千晶は静かに言った。

「少なくとも……真尋が大人になるまではね」

「千晶……」

真尋は、千晶が高校在学中に妊娠して、産んだ子供だ。

高校三年の夏、千晶は通っていた予備校で初めてのヒートを迎え、運悪く、近くにいたと思われるアルファにレイプされた。緊急避妊薬の投与も受けたが、その甲斐《かい》なく妊娠し、通っていた高校を退学して、密かに出産したのが真尋だ。

その上、千晶は、違法な薬物で事件当時の記憶を奪われていた。下手をすれば廃人になってしまうような恐ろしい薬物で、おおよそ十二時間ほどの記憶が失われていて、千晶は自分をレイプした相手のことをまったく覚えておらず、また、事件の現場となった予備校も、千晶が暴行を受けたことを認めず、結局、千晶は父親が誰かわからない子供を、周囲の反対を押し切って、まさに命がけで産んだのだ。

「あんた、まだ、真尋の父親のこと……」

「……」

千晶は静かに顔を上げ、よく晴れた窓の外を見つめる。今日も夏の空は高く晴れ上がっている。深い青の夏空に、水彩の筆ですっと描いたような白い雲。

「……おかしなことを言っているのは承知の上だよ」

千晶は柔らかな声で言った。

「でも、僕はその人のこと、すごく好きだった気がするんだ……」

「だって……っ」

「おかしいよね。顔だって全然覚えていないのに。でも、なんだか……すごく好きだった気がするんだ。胸が痛くなるくらいね……」

おとなしい千晶が、あの時は信じられないくらい頑固に首を横に振り続けた。

まだ十七歳の千晶が望まない形で妊娠させられてしまった。若年男性オメガの妊娠継続はなかなかに難しく、出産はさらに難しい。自然な形での分娩はほぼ不可能で、千晶もそうだったが、帝王切開が一般的だ。誰もが、千晶の妊娠、出産に反対した。今もそうだが、あの頃の千晶はさらに華奢で、とても妊娠を継続できるとは思えなかった。

しかし、千晶は耐え抜いた。誰にも祝福されない妊娠期間を耐え抜き、真尋を産んだ。

「でもね、千晶」

美南は、白衣のポケットに入れてきた缶コーヒーを開け、ぐっと一気に半分ほども飲んだ。

「言いたかないけど、あんたの相手は……あんたを……何回もやっておきながら、うなじを噛もうとしなかったんだよ……？」

「……」

当時、千晶はまだネックガードをつけていなかった。ヒートが来ていなかったからだ。

「いいかげん、諦《あきら》めなさい」

美南はすいと立ち上がった。

「機会があったら……番を持ちなさい。真尋のことは……あたしが引き受けるから」

「お姉ちゃん……っ」

「千晶」

美南はドアに手をかけて、振り向いた。

「あたしは、あんたに幸せになってほしいの。あんたは」

美南がドアを開ける。彼女は背を向け、肩越しにさっと手を振った。

「過去に縛られすぎよ」

その電話に気づいたのは、千晶が長い面談をようやく終えた時だった。

「あ……」

初回の面談は時間がかかる。時には半日がかりになることもある。初回面談の予約が入っている時は、千晶は半日をそのクライエントにかけるつもりで、他の予約は入れないことにしていた。

「電話入ってる……」

面談中は、医療用のPHSも着信音が鳴らないようにしてある。千晶のカウンセリングを受けるオメガは、精神的に危機的状況にある場合がほとんどだ。面談中に電話など鳴らしてしまったら、それだけでパニックになってしまう場合もある。

「え?」

千晶は着信履歴に残った番号を見て、思わず首を傾げていた。

「救急外来? なんで?」

聖マルガレーテ総合病院は、オメガ専門病棟を持っていることから、オメガの救急搬送も受けている。しかし、その場合、一般の救急外来には入らず、ストレートにオメガ専門病棟に収容することになっている。そして、千晶は自身がオメガなので、一般外来は診《み》ない。もしも、患者にアルファがいたら、面倒なことになるからだ。

「桜庭先生」

クライエントが病室に戻るのを見たらしいナースが、ドアをノックした。

「救急外来からお電話入ってます」

「あ、はい。こちらに転送してください」

千晶は手元のＰＨＳが鳴るのを待った。すぐに電話が転送されてくる。

「はい、桜庭です……はい？……え……っ！　わ、わかりました！　すぐに行きますっ」

電話を切ると、千晶は慌てて立ち上がった。

「あ、あの……甥《おい》が救急搬送されたそうなので、救急外来に行ってきます……っ」

ナースに声をかけると、慌てて階段を駆け下りていったのだった。

救急外来は、人でいっぱいだった。ヒート前でふらふらしている千晶にはつらかったが、そんなことは言っていられない。

「あ、あの……失礼します」

人をかき分けるようにして、真尋の姿を探す。

『「天使の園」のバス遠足に行っていたマイクロバスが、運転を誤って、横転したそうです。桜庭先生の甥御さんも搬送されていますので、来ていただけますか？　産科の桜庭先生は今カイザーの手術に入ってらして、出てこられないそうなので』

救急外来からかかってきた電話に、千晶は肝をつぶした。取るものも取りあえず、駆けつけたのだが、それは千晶だけではないらしく、搬送された子供たちの保護者が駆けつけていて、救急外来はごった返していた。

「あの……っ」

「ああ、桜庭先生」

ほとんど一般外来には姿を見せない千晶だが、美貌《びぼう》の心理カウンセラーは、本人の好むと好まざるとにかかわらず、有名であるらしい。突然名前を呼ばれて、千晶はきょとんとしているだけだが、声をかけた相手である救急外来のナースは、あっさりとしたものだ。

「真尋くんですよね？　今、診察待ちですので、こちらへ」

「あ、ありがとうございます……」

千晶は泣きじゃくる子供たちと、その子供をなだめる保護者の間を縫って、診察室前の待合に入った。

「真尋」

診察室前のベンチに、ぽつんと一人座っている小さな姿があった。

「……千晶……」

真尋が顔を上げた。くりっとした大きな目が、千晶の姿をとらえる。

「千晶……っ！」

ぽろぽろと涙が頬に落ちる。

「千晶……っ！」

千晶が膝《ひざ》をつくと、真尋が抱きついてきた。

「大丈夫だよ、真尋……」

小さなあたたかな身体を抱き留める。

真尋はめったに泣かない子だ。気丈な美南の姿をずっと見ているせいなのか、六歳という年のわりには大人っぽくて、いつも千晶を庇うような素振りを見せる子だ。しかし、今の真尋は年相応の子供らしく、ひくひくとしゃくり上げている。

「怖かったんだね……」

詳しい事故の様子はまだ聞いていないが、真尋たちの乗っていたマイクロバスは横転したのだという。大人だってダメージを受けそうな大事故だ。

「真尋、どこか痛いところはない？　気持ち悪くない？」

「桜庭真尋くん」

千晶が真尋の顔を覗き込んだ時、診察室の横開きのドアが開いて、ナースが顔を出した。

「あ、桜庭先生……」

どうやら、ここのスタッフはみな千晶の顔を知っているらしい。ぺこりと小さく頭を下げると、千晶は真尋を連れて、診察室に入った。

「お世話になります」

もう一度頭を下げて、顔を上げる。

〝あ……〟

『整形外科　月本智也《つきもとともや》』のネームプレートをつけた医師は、はっきりとした輪郭の凛々《りり》しい顔立ちをしていた。きりりと引き締まった男っぽいルックスだが、少しだけ下がり気味の目元が優しげだ。濃紺のスクラブをまとった身体は、すらりとした長身で、手足が長い。鍛えているのか、半袖のスクラブから伸びた腕には、きっちりと筋肉がきれいについている。年の頃は、千晶よりも明らかに上だが、まだ若い。三十代に入るか入らないかといったところだろうか。

彼はデスクの前に座り、顔を上げて、千晶を見つめていた。

「桜庭真尋くん……保護者の方……ですか？」

明るい栗色のきれいな瞳。すっきりとした一重まぶたで切れ長なので、とても理知的に見える。透き通るような瞳で、彼は驚いたように千晶を見つめていた。

「あ、あの……」

千晶も彼を見つめてしまう。

初めて会う人だ。顔立ちにも、その声音にもまったく覚えはないのに、なぜかとても懐かしい気がした。宝石のように透き通る瞳に、今にも吸い込まれてしまいそうだ。

彼もまた、千晶を見つめている。

「……真尋くん、ベッドに寝てみようか。痛いところがあったら、教えてほしいな」

落ち着いた口調で言い、彼はすっと視線を真尋に移した。

「……はぁい」

その指示に真尋が頷き、ナースに助けられて、ベッドに上がる。千晶はそっと身を引いて、ドアの近くに立った。強い抑制剤で抑え込んでいるとはいえ、ヒート前の千晶からは、わずかながらフェロモンが香るはずだ。

〝……アルファのはずはないと思うけど……〟

現場職である医師になるアルファは少ないとはいうものの、ゼロではない。しかも、月本はルックスといい、堂々とした態度といい、アルファと言われても納得できそうなタイプなのだ。

〝……こんな人が……いたなんて……〟

千晶は大学を卒業して、すぐにここに来た。ずっとオメガ専門病棟にいるとはいえ、こんなに目立つタイプの人に、今まで気づかなかったとは。

「ここは？　痛くない？」

「大丈夫」

　ベッドに横たわった真尋を、月本は丁寧に診察していく。真尋の反応を一つ一つ確認しながら、とても優しく。最初は緊張していた真尋も、すぐにリラックスして、笑顔を見せるようになっていく。

「全然痛くないよ！」

「そうか。よかった」

　月本も笑顔を見せた。白い歯がのぞき、凜々しいルックスがなんだか可愛らしく見える。

「よし、起きていいよ」

「はぁい！」

　さっきまでの涙はどこかに行ってしまい、真尋はにこにこと元気だ。千晶もほっと息をつく。

「ええと、自己紹介が遅れました」

　真尋が椅子に座り、千晶はひっそりとその後ろに立った。

「整形外科の月本です。カウンセラーの桜庭先生ですよね？」

「はい」

　千晶は頭を下げる。

「甥がお世話になります。カウンセラーの桜庭です」

「ああ、甥御さんなんですか。どうりで、先生の子供さんにしては大きいなと思いました」

月本はカルテを入力する手を休めて、千晶と真尋を見つめた。その視線があまりに真っ直《す》ぐで、千晶は思わずうつむいてしまう。

「……姉の子なんです。姉は産科の医師で多忙なので、この子の面倒は、ほとんど僕が見ています」

真尋は、千晶が十七歳の時に妊娠し、十八歳になってから産んだ子だ。千晶の年齢にしては、真尋は大きな子供になる。

「事故の概要は？」

月本は、完全なタッチタイピングでカルテを打ち込み始めた。相変わらずその視線は、千晶に向けられている。千晶は、その体温を感じられるほどの視線にたじろぎながら、小さな声で答えた。

「……いえ。ただ、マイクロバスが横転したとだけ」

「あのね」

真尋が千晶を見上げながら言った。

「急に、ぎゅうってバスが斜めになってね。それでごろごろって道から落ちたんだよ」

「え？」

千晶は少し驚いて、真尋を見た。

「真尋……」

「車がぶつかったんじゃないんだ。ただね、急にぎゅうってなってね」

真尋は一生懸命説明している。

「それでごろごろって落ちたの。ぐるぐる回って、すごく怖かった」

ふいに、真尋の大きな目から涙がぽろりとこぼれた。すでに泣き止《や》んでいたはずだったのに、また可愛らしい顔がゆがむ。

「怖かった……」

「そうだね」

千晶よりも先に、月本が言った。すっと手を伸ばして、真尋の柔らかい髪をふわっと撫でる。

「すごく怖かったんだね」

再び、ひくひくとしゃくり上げ始めた真尋がこっくりと頷いた。

「そうだね。怖かったよね」

月本は否定の言葉を口にしない。どこまでも、子供の気持ちに寄り添ってくれる。

「……桜庭先生」

泣き続けている真尋の髪を撫で、頬を撫でて、月本は言った。

「釈迦《しゃか》に説法とは思いますが」

「はい？」

千晶は真尋の肩に軽く手を置いていた。ふと、その手に、真尋の髪を撫でていた月本の手が触れる。柔らかに伝わるぬくもり。どこか懐かしさすら感じる柔らかな日だまりの手触り。

〝え……？〟

「……しばらく、夜に泣いたりするかもしれません」

「あ、ええ……」

千晶は頷いた。

大きな事故に遭ったりした場合、その場では冷静でも、後になってフラッシュバックを起こすことがある。カウンセラーとして、千晶はそんなクライエントを何人も見てきた。

「あの、バスは壊れたりしたんでしょうか……？」

ありがたいことに、真尋は大きなケガをしてはいないようだった。しかし、精神的なショックは受けているはずだ。

「横転ですので、かなり壊れたとは聞いています。子供たちに大きなケガがなかったのは、きちんとシートベルトをしていたためと思われます」

月本はもう一度軽く真尋の頬を撫でてから、すっと前屈《まえかが》みになっていた身体を起こした。

「少し擦り傷がありますから、軽く消毒だけしておきましょう。今のところ、特に問題はないようですが、頭を打っていたりするかもしれないので、しばらく……一カ月くらいは慎重に様子を見てください」

「はい」

千晶はぺこりと頭を下げる。

「ありがとうございました」

白衣のポケットからハンカチを取り出し、涙に濡れた真尋の頬を軽く拭《ふ》いてやる。

「真尋……」

座っていた椅子から滑り降りて、真尋はそっと千晶に身を寄せた。寄り添い合う二人を、月本がなぜかまぶしそうに見ている。

「……事故ですので、一週間後に必ず受診してください。それまでに何か変わりがあるようでしたら、いつでも」

「はい、ありがとうございます」

ナースがすっと近寄ってきて、真尋の傷を消毒するために、診察室の隣の処置室に誘導してくれた。

診察室を一歩出て、千晶ははっと我に返る。

こんなにまわりにはたくさんの人がいて、飛び交う声でうるさいくらいなのに、なぜか、診察室にいる間、月本の傍にいる間は、そんなノイズが少しも聞こえなかった。

「真尋、寝た？」

千晶がリビングに戻ってくると、ソファでコーヒーを飲んでいた美南が顔を上げた。

「うん。もしかしたら起きるかもしれないけど、今のところはぐっすり。疲れてもいるだろうしね」

病院でケガの手当てを受け、真尋は千晶に連れられて帰宅していた。まもなく美南も帰宅し、いつものように夕食を摂って、真尋は早めにベッドに入っていた。

「まぁ、大したことがなくてよかった。びっくりしたよ」

「僕もだよ」

冷蔵庫からミネラルウォーターのボトルを取り出し、氷を入れたマグカップに注《つ》いで、千晶はリビングに戻った。風呂《ふろ》上がりの美南の隣に座る。

「ねぇ、お姉ちゃん……」

お揃《そろ》いのマグカップは、真尋がお年玉で買ってくれた宝物だ。

「うちの病院って、アルファの先生なんていないよね……」

「アルファの？」

美南がちらりと千晶を見た。その顔が険しくなる。

「あんた、まさか、誰かに……っ」

「違う違う」

千晶は微笑んだ。

今の千晶はヒート前だ。強い抑制剤で抑え込んではいるが、アルファなら、微かに香り始めているフェロモンに気づく可能性がある。

「今日、真尋を診てくれた先生が……」

「アルファだっての？」

「……わからない」

千晶はふるふると首を横に振った。

「アルファはオメガがわかるけど、逆は真なりじゃないからね。ひどい言い方をするなら、オメガは襲われるまで、目の前にいる人がアルファだとはわからない」

「千晶」

「……大丈夫」

千晶は優しい姉の膝を軽くぽんぽんと叩く。

「僕には……その記憶がないんだから」

違法薬物を使われた千晶には、犯された記憶がない。千晶からすれば、気がついたら妊娠していて、真尋を産んだことになる。フェロモンに当てられたアルファの性衝動の怖さを知らないのだ。

「今日、真尋を診てくれた整形の先生がね、ルックスもずば抜けているし、なんていうんだろう……落ち着いていて、いろいろな意味で余裕があって……すごくアルファっぽいっていうか……」

「ないない」

美南は笑いながら、軽く手を振った。

「うちはアルファの医者を雇わないよ。うちはオメガ専門病棟を持っているから、他の病院に比べて、オメガの受診率が高いでしょ。中には、あんたみたいにがっつり抑制剤を飲んでいないオメガもいる。とてもじゃないけど、おっかなくて、アルファの医者なんか雇えないよ」

「そうだよね……」

千晶は頷いた。コーヒーを飲んで、ふうっとため息をつく。

「そう……だよね……」

「どうかしたの？」

美南はちらりと弟の憂い顔を見た。

子供の頃から可愛らしい顔立ちをしていた千晶だったが、ヒート期を迎えた頃から、あまり笑わなくなり、神秘的な雰囲気を醸し出すようになっていた。もともと顔立ちは整っていて、人目を引くタイプではあったのだが、憂い顔が似合うようになってしまってからの千晶は、ちょっと困った状態になっていた。特に、オメガのカウンセラーという特異な立場になり、勤務先や所属学会の方針で顔出しをするようになって、自身がオメガということを公表してからだ。千晶を自身の番にしたい、もしくは、一族の中にいる、まだ番を持たないアルファの相手にしたいという申し出が来始め、それを断ると、ストーカーっぽくなってしまったり、拉致《らち》されそうになったのも一度や二度ではない。千晶が勤務先と自宅以外にほとんど出歩かないのは、身に危険が及ぶ可能性があるからだ。

オメガ男性はアルファの子を産む可能性が、オメガやベータの女性よりも高い。もともとアルファは稀少種なのだから、生まれる確率自体が低いのだが、それなら、少しでもアルファの生まれる確率を上げたいという一部のアルファ信者によって、オメガ男性が拉致され、無理やり妊娠させられる事件も、残念ながら決して少なくないのである。

そんな千晶がアルファの存在に敏感になるのは、仕方のないことだった。

その上、番を持たない千晶は、ヒートの症状が激烈で、ぎりぎり薬で抑え込んでいるものの、ヒート期にアルファと接触してしまったら、どうなるかわからない。事実、初めてのヒートで妊娠してしまっているのだ。ヒート期にアルファに再び襲われてしまったら、妊娠する可能性は高い。

「……真尋がね」

千晶はゆっくりと言った。

「月本先生……今日診てくれた先生の前で、泣いたんだよね……」

「え」

美南は驚いて、千晶を見た。

「真尋が？　人前で泣いた？　嘘でしょ……」

「本当。だから、僕もびっくりした」

真尋はアルファであるせいなのか、恐ろしくプライドの高い子だ。千晶や美南の前では、子供らしい表情を見せるし、泣くことも当然あるのだが、そこに一人でも他人がいると話は別だ。いくら悲しくても、痛くても、真尋は絶対に泣かない。歯を食いしばってでも、涙をこらえる。その真尋が、月本の前で涙を見せたのだ。

「それだけ、ショックだったってことなのかな……」

「うーん……どうだろう……」

美南は考え込む。

「そっか、だから、あんた、月本先生？……のこと、アルファじゃないかって思ったのね」

千晶は曖昧《あいまい》に頷いた。

「真尋は……アルファだから、もしかしたら、アルファの前でなら、泣けたりするのかなって……」

アルファは稀少種だ。ほとんどが社会のトップの方に存在するため、真尋のような子供が、大人のアルファに接触することは、まずないはずだった。

「……まぁ、事故の後だからね」

美南は慎重に言葉を選んでいる。

「真尋も混乱してたんじゃないの？　子供なんだし。もしも……真尋が、自分に接する相手のバース性を嗅《か》ぎ分けてるとしたら……それ、ちょっと怖いよ？」

アルファ、ベータ、オメガ。それぞれのバース性で、外見上の違いはまったくない。確かに、アルファは美貌のものが多いが、オメガでも、千晶のような飛び抜けた美貌のものはいる。

「……だよね」

千晶は微笑んだ。

「ごめん、変なこと言って。真尋の泣き顔なんて、もうずっと見てなかったから、ちょっと動揺したのかもしれない」

〝真尋は……アルファの子供なんだ……〟

千晶は姉におやすみと言って、空になったカップを持ち、立ち上がった。

〝僕に……真尋を産ませた人は……アルファなんだ……〟

美南は忘れた方がいいと言った。できることなら、忘れた方がいいと。

でも、千晶は忘れたくないと思っている。できることなら、思い出したいと。

カップを丁寧に洗って片付け、千晶は自分の部屋に入った。すでに真尋がすやすやと眠っている。明かりは机の上のデスクライトだけにして、千晶は静かに椅子に座り、窓にかかったブラインドを少しだけ上げた。

「あなたは……どこにいるんだろう……」

千晶は、その人の顔を知らない。声も知らない。

それでも、会いたいと思う。思い出したいと思う。その人のことを。

千晶は恋を知らない。

オメガであるという宿命があまりに重すぎて、人を好きになる心の余裕が持てなかったし、周囲も千晶が恋することを許さなかった。

自分が身ごもったと知った時、千晶の中にあったのは、不思議と絶望ではなかった。誰ともわからない相手の子を身ごもってしまったという恐怖感ではなく、なぜか、ほんの少しだけあたたかなものが自分の身に宿ったという感覚が生まれていた。だから、堕胎を勧める周囲の声に耳を塞《ふさ》いだ。体調の悪化と闘いながら、姉の必死の説得にも耳を貸さず、首を横に振り続けた。

「真尋は……僕の子だ……。あなたと……僕の」

それは愛の上に成り立った行為ではなかったと思う。本能に突き動かされた……暴力に近いものだったと思う。それでも、千晶は守りたいと思ってしまった。あなたが……顔も声も覚えていないあなたが、僕に残してくれた唯一の証《あかし》として。

「……千晶……？」

ベッドの方から、小さな声がした。

「千晶……いるの？」

千晶は飛び立つように立ち上がって、ベッドサイドに近づく。

「ここにいるよ。どうしたの？　真尋」

眠っていると思っていた真尋が目を開けていた。千晶とよく似た大きな黒い瞳が、少し心配そうな千晶の優しい顔を映している。

「……千晶、一緒に寝よ……」

毛布の下からそっと小さな手が伸びて、千晶の手に触れてくる。

「今日だけ……一緒に寝よ……？」

真尋は千晶の部屋で寝てはいるが、ベッドは別で、ちゃんと一人で寝ている。

「いいよ。ちょっと待ってて」

さっと寝支度をすませて、千晶は真尋のもとに戻った。また眠ってしまったかなと思ったが、真尋は大きな目を見開いて、千晶を待っていた。

「ちょっと寄ってね」

千晶に言われて、真尋はごそごそと壁際に寄り、空いたところにするりと千晶が滑り込む。

「……千晶、いい匂《にお》いする……」

真尋が千晶にそっと抱きついて言った。

「千晶って、いっつもいい匂いしてる……」

真尋はアルファだ。幼いながらも、ヒート前の香りに気づいたのかとひやりとしたが、そのまま気持ちよさそうに目を閉じて、真尋は眠ってしまった。

「真尋……」

ふわふわとした柔らかい髪を撫で、千晶は真尋をそっと抱きしめる。

大切な真尋。大切な……僕の子。

君は……僕の宝物。いつか……君に本当のことを告げなければならない。

君は、僕を許してくれるだろうか。

恋とも言えないような、微かなぬくもりを信じて、君を産み落とした僕を。

ACT 4

千晶たちが住んでいる聖マルガレーテ総合病院の職員住宅は、病院まで歩いて五分もからないところにある。マンション風になっていて、一階には小さな庭もついている。

「真尋、何してんの？」

美南がキッチンから顔を出して、朝ごはんも食べずに、庭に出ている真尋に言った。

「ミルクとパンケーキ、冷めちゃうよ」

「うん」

真尋が立ち上がった。まだパジャマ姿の美南に対して、真尋はもうちゃんと着替えていて、白いポロシャツと長めの半ズボンの制服姿だ。『天使の園』の制服は、シックで大人っぽいので、人気がある。特に、真尋は顔立ちが凜々しく、すらっとしているので、なお似合うと思うのは、親の欲目かもしれない。千晶はガラス戸を開けて、真尋を迎え入れた。

「……千晶」

真尋はきれいに咲いた薔薇を一輪持っていた。ピンク色の薔薇は、真尋が保育園から苗をもらってきたものだ。真尋は薔薇の花が大好きで、よく保育園の花壇の前に座り込んで、花をいつまでも眺めている。それを見ていた薔薇の世話をしているシスターが、苗を分けてくれたのだ。

「これ」

ぶっきらぼうに差し出すところが男の子だ。真尋は鋏《はさみ》を使うのが上手で、花もきちんと鋏で切ってくる。

「咲いてた」

「ありがとう、真尋」

千晶はにこりと微笑んで、一輪の薔薇を受け取る。

自分のヒート期の香りが、薔薇の香りに似ていることは知っていた。大学生の頃、ヒート期と大学の試験がぶつかってしまい、ふらふらのまま登校した時、アルファの学生に襲われかけたことがあった。その時、そう言われたのだ。『おまえ、薔薇の香りがする』と。香水などつける習慣はなかったし、周囲に薔薇の香りのするようなものはなかった。それで、自分のフェロモンが薔薇の香りであることを知ったのだ。

オメガがヒート期に発する香りは、さまざまだ。オメガである千晶自身にはわからないが、そうした分析をした論文は何本か読んでいて、人によって、その香りは違うらしい。共通しているのは『甘い芳香』ということだ。フルーツに似た香り、花に似た香り……いろいろとあるらしい。

「……きれいだね」

「この花、千晶に似てる」

真尋がダイニングテーブルに座りながら言った。

「お、真尋、語るねぇ」

美南が混ぜっ返した。真尋はつんと唇を尖《とが》らせる。

「……だって、千晶きれいだもん。ママや保育園の先生やシスターよりきれいだもん。みんな言ってるよ。僕をたまに迎えに来るお兄さん、すごくきれいだねって」

「真尋」

千晶はびっくりして、真尋を見てしまう。

「あのね、きれいっていうのはね……」

「あー、まぁ、千晶と比べられたら、分が悪いわ」

美南はあっけらかんと笑い、サーバーにたっぷりと落としてあるコーヒーをマグカップに注いだ。

「千晶、しとやかだしねぇ。料理も上手だし」

「お姉ちゃん……」

千晶は氷を浮かせた水を飲みながら、呆《あき》れたように言った。

「……自分で言ってて、虚《むな》しくない？」

「うるさい」

美南はじろりと弟の顔を見てから、すっと眉を寄せた。

「千晶……大丈夫？」

「え……？」

「顔色……悪い」

美南はそっと手を伸ばして、千晶の頬に軽く手を触れる。

「……熱いね」

「大丈夫だよ」

千晶ははかなげに微笑んだ。

「ちゃんと薬飲んでるし」

ヒート期に入っていた。今朝《けさ》起きた時から身体が熱く、頭がぼんやりしている。強い抑制剤の副作用で吐き気がひどく、食事を作るのもつらいため、今日の朝食はミルクと冷凍のパンケーキ、レタスをちぎり、パックのハムを添えたサラダだ。真尋にはもっと栄養のあるものを食べさせたいのだが、吐き気がある上、ふらつく身体では無理だった。

「千晶、今日はうちで休んだら？　無理しない方がいい」

「……大丈夫。吐き気止めも飲んだし」

「そんなの、効かないくせに。抑制剤の吐き気に、吐き気止めなんか効かないよ」

美南は荒々しくため息をついた。千晶はもう一口水を飲んだ。喉の渇きがひどい。もう一週間ほとんど固形物を口にしていない。空っぽの胃に水分を入れれば、余計胃液が薄まって、食べられなくなるという悪循環なのだが、身体の火照《ほて》りを抑えるためにも、冷たい水は飲まずにいられない。

「でも、抑制剤のおかげで、ヒートでも動けるし……外にも出られる」

ヒートに対する抑制剤の発達は目覚ましい。千晶のようにヒートがきついオメガでも、きちんと抑制剤を服用すれば、セーフティルームに監禁されるようなひどい状態にはならずに済む。

「……真尋、目玉焼きでいい？」

美南は立ち上がると、冷蔵庫に向かった。

「うん。ママが作るなら、半熟は無理だね」

真尋が大人びた口調で言うのに、美南はきゅっと睨みを利かせて、冷蔵庫から卵を取り出した。

「焦がしてやる」

美南と真尋の屈託のないやりとりを聞きながら、千晶は軽くため息をついて、ダイニングテーブルの椅子にすとんと座った。正直、立っているのもつらい。しかし、ここでベッドに潜り込んでしまったら、本当に動けなくなってしまうし、自分を見つめすぎて、つらくなってしまう。

この葛藤《かっとう》は一生続くのだ。自分の身体すら、自分の思う通りにならない一生。ヒートに入って、セーフティルームで一人になると、これから自分はどうなっていくんだという絶望と恐怖に包み込まれてしまう。だから、できるだけ一人きりにはなりたくなかった。家族が嫌がらなければ、一緒にいたかった。副作用が強い抑制剤を飲みながらも、千晶が美南と真尋と過ごすことを選ぶのは、ある意味、千晶の弱さでもあった。

「あ、真尋、今日病院に行くからね」

千晶はふっと言った。

「保育園に迎えに行くから」

「え？」

フライパンで、目玉焼きと格闘していた美南が振り返る。

「真尋、どっか具合悪いの？」

「事故から一週間だから。整形の先生に一週間後に必ず来るように言われたんだ」

「そんなの、あたしが行くよ。あ、焦げたっ」

「ママったら……」

真尋が椅子から滑り降りた。お皿を持って、わたわたしている美南に近づく。

「ママ、本当にお料理ダメだよね……」

「あー、もう、うるさぁい！」

フライパンにくっついてしまった目玉焼きを、真尋が持ってきたお皿にこそげ落として、美南は頬を膨らませた。

「まったく……同じ姉弟なのに、なんであんたは料理上手なのよ……」

「仕方ないよ。僕は必要に迫られて、覚えただけなんだから」

千晶は少し寂しそうに笑う。

「だって、実家にいた頃から、僕、自分でごはん作ってたじゃない」

「あ……」

一瞬、美南が絶句する。真尋が「なんで？」という顔をしている。千晶は柔らかい口調で言った。

「真尋、目玉焼き冷めちゃうよ。食べてしまいなさい」

「はぁい」

真尋は賢い子だ。千晶たちが聞いてほしくないと思うことは、すっと流す賢さがある。テーブルに戻ると、せっせと食べ始めた。美南がごめんねという顔をするのに、千晶はふっと笑って頷いた。

〝気にしなくていいのに……〟

実家にいた頃、千晶はほとんどセーフティルームで過ごしていたのだが、そこにはミニキッチンもついていて、千晶はそこで自炊をしていたのだ。母は千晶の食事を作りたくないとまでは言わなかったのだが、千晶の方で家族との交流を絶っているようなところがあった。たぶん、傷つきたくなかったし、傷つけたくもなかったのだろう。

「千晶」

自分の分は、目玉焼きにするのを諦めて、スクランブルエッグにすると、美南はテーブルに戻った。

「真尋を病院に連れていくなら、あたしが行くよ?」

スクランブルエッグにケチャップをかけながら、美南は言った。千晶は軽く首を傾げる。

「いいよ。さすがにカウンセリングは無理だけど、受診の付き添いくらいなら大丈夫だよ。お姉ちゃん、忙しいでしょう?」

「……なんとか、時間作るよ。午後なら……」

「大丈夫」

千晶は微笑んだ。

「真尋のことは……僕に任せて」

「……おっけー」

美南は軽くため息をついて頷いた。黄色い卵に赤いケチャップが鮮やかだ。それを丁寧に混ぜながら、美南は言った。

「……そうだよね。千晶に任せた方がいいよね」

「僕も、ママより千晶の方がいいな」

ひょいと、いい間で真尋が口を挟んでくる。

「ママ、黙って座ってると、すぐ寝ちゃうじゃん」

「……まーひーろー」

「お遊戯会で、いびきかいて寝てたじゃん」

「こらっ、真尋っ！」

「恥ずかしかったんだよー。みんなに見られてさー」

真尋はあっけらかんと言い、ぱくぱくと悲惨な出来の目玉焼きを食べている。

「千晶、何時に迎えに来るの？　僕、給食食べられる？　今日、カレーだから食べたいな」

「午後からだよ。二時過ぎに迎えに行くよ」

「わかったー」

真尋は食べ方が上手だ。箸の使い方も上手いし、フォークも上手に使う。きれいにお皿の上を空にすると、椅子から下りて、食べ終わった食器をシンクに運んだ。

「じゃあ、待ってる」

真尋は通園かばんを取りに、千晶と一緒に過ごしている部屋に入っていった。美南は千晶に向かって、軽く拝むような仕草を見せた。

「……ごめん。余計なこと言いまくりだった」

「お姉ちゃん……」

千晶はにこりと笑った。千晶の微笑みは、まるで花が開くように柔らかで、可憐《かれん》だ。

「僕ね、お姉ちゃんと真尋と暮らせて、すごく幸せなんだよ」

「千晶……」

「……真尋を産んでよかったと思うよ」

そう言い置いて、千晶は立ち上がる。

「真尋、保育園に行くよ。おいで」


聖マルガレーテ総合病院に勤務して二年になるが、千晶は一般外来に下りたことがほとんどない。自身がオメガであるし、クライエントもオメガのみであるため、アルファの受診もないとはいえない一般外来には、行かない方がいろいろと安全なのである。

「いっぱい待ってるねぇ」

真尋がのんびりとした口調で言った。

ヒート期に入った千晶は、一週間の休暇を取っていた。三カ月に一度、一週間の休暇を取らざるを得ないオメガの社会進出は難しい。事実、千晶が大学を卒業する時も、担当の教授に『君は優秀だが、就職は諦めた方がいい』とはっきり言われたくらいだ。そんな千晶が、これほど大きな病院で働くことができているのは、ほとんど奇跡的である。

「そうだね」

整形外科外来前のソファに、千晶と真尋は並んで座っていた。午後の外来は始まったばかりなのに、もうかなりの患者が待っている。午前の外来は基本予約制なのだが、午後はフリーのせいだろう。

「あ……」

おとなしくソファに座って、千晶が持ってきた子供向けの本を読んでいた真尋が、ふと顔を上げた。

「美々《みみ》ちゃんだ……」

「え？」

真尋の読んでいる本を一緒に見ていた千晶も、つられたように真尋の視線を追った。

「知ってる子？」

一般外来の整形外科は、エントランスに一番近いところにある。エントランスから真っ直ぐ入ってくる感じなのだ。だから、来院してきた患者がすぐに確認できる。今、エントランスからこちらに向かって歩いてきているのは、真尋と同い年くらいの女の子だった。

手を引いているのは、千晶も見覚えのある保育園の保育士だった。

「真尋と同じクラスの子？」

「ううん、お隣の子ひつじ組の子だよ。えっとね、去年一緒の組だった。ひなぎく組の時」

「あら、真尋くん」

しくしく泣いている女の子、美々の手を引いた保育士が、真尋を見つけて、にっこりした。胸にくまさんの名札をつけている。

「どうしたの？」

「お医者さんに来たんだよ。えっとね、またおいでって言われたから」

はきはきと答えて、真尋は美々の方を見た。

「美々ちゃん、どうしたの？」

「お友達とごっつんしちゃったの」

保育士が答える。千晶の軽い会釈ににっこりと答えて、彼女は真尋の隣に座った。

「美々ちゃん、腰かけて」

「……いや」

「美々ちゃん？」

美々がうつむいて立ち尽くしている。

「……お医者さん、嫌い……」

「美々ちゃん？」

「帰る……っ！」

いきなり、美々が叫んだ。

「お医者さん、嫌っ！　帰るっ！　帰るっ！」

「美々ちゃん……っ」

逃げ出そうとする美々を保育士が慌ててつかまえた。

「美々ちゃん、静かにして」

「帰るのっ！　帰るのっ！」

泣き叫ぶ美々を、真尋はびっくりして眺めている。千晶はそっと真尋を抱き寄せた。子供は環境に影響されやすい。真尋は泣く子ではないのだが、少し心配になったのだ。

「美々ちゃん……っ」

「嫌っ！　帰るっ！　帰るのーっ！」

来年小学校に入る子供である。身体ももう大きくなっているので、その声も凄まじい。保育士は必死になだめているが、すでにパニックを起こしている子供を抑えることは難しい。ナースが数人出てきてくれたが、昔ながらの白衣ではないものの、どう見ても医療従事者とわかる姿である。美々はますますパニックを起こして、泣き叫び、大暴れする。

「……美々ちゃん！　暴れないの！」

若い保育士もどうしていいのかわからないらしい。待合室が騒然とした時だった。

「……どうしたのかな」

心地よい響きを持った低い声がした。

「……あ……」

千晶は思わず出てしまった声を飲み込んだ。

診察室の方からすうっと出てきたのは、カーディガン姿の長身の男性だった。すらっとした手足の長いプロポーション。彫刻のように整った横顔。

「あ」

隣に座っている真尋が小さな声を上げたのを、千晶はそっとその肩を抱いて、唇に軽く指を当てた。真尋はきょとんと千晶を見上げてから、こくりと頷く。

診察室から出てきたのは、月本医師だった。この前は、濃紺のスクラブの上に、白衣を羽織っていたのだが、今日はなぜか丈が長めのカーディガンを着ている。胸につけていたＩＤカードも外している。

「どうしたの？　病院嫌いなの？」

月本はゆっくりと静かに美々に近づく。すっと身を屈めて、視線を合わせようとしているようだった。一瞬、美々が身を引いた。その瞬間、泣き声が止み、美々の目が月本を見る。月本は両手を軽く広げて、何も持っていませんのポーズをした。

「僕も嫌いだな。ねぇ、何が嫌い？」

月本は美々の傍に寄ると、よく通る声で言った。美々はびっくりしたように月本を見ていたが、白衣を着ていないと判断したらしく、逃げようとはしなかった。

「……わかんない。痛いから……？」

「そっか。痛いことされたのか」

月本は笑って言った。すっと手を出して、美々の肩に軽く触れた。

「僕も痛いことは嫌いだな。頭撫で撫でしていい？　いい子していい？」

「……うん」

美々が少しためらってから小さく頷いた。上から押さえつける感じではなく、そっと寄り添うような月本の態度に、美々の心がすっとほどけたようだった。

月本の指が軽く前髪を分けると、美々の額にはこぶができていた。小さな擦り傷もある。

「おめめ大きくて可愛いね。僕とじゃんけんしよっか」

美々の視線を指先で誘い、月本は微笑む。美々は右寄り、左寄りと動く月本の手を無意識のうちに追っていた。月本は、その美々の動きをじっと見つめている。

「じゃんけん、美々、強いよ」

「へぇ、そうなんだ……」

状況を説明しようと保育士が横から言葉を挟もうとするのを、月本は目顔で抑えた。そしてまた、笑顔を美々に向ける。

「じゃあ、じゃんけんだよ。じゃんけんぽんっ！」

美々の身体の前、かなり右寄りで、月本はじゃんけんの手を出す。

「わぁ、僕の負けだ。美々ちゃん、強いなぁ。じゃあ、もう一回だよ」

美々は少し考えてから、小さく頷いた。

「……いいよ」

パニックは嘘のようにおさまっていた。月本の突然の登場とするりと心に入り込んでくるようなコミュニケーションの力に、小さな少女は呆然《ぼうぜん》としていた。

「ありがとう」

月本はにこりと笑うと、今度は左寄りに手を大きく動かす。美々の視線も大きく動く。

「はい、じゃんけんぽんっ！」

月本は全開の笑顔を見せた。美々に泣く間を与えずに、にこにこと笑顔を誘導する。

美々もつられたように笑う。

「また美々の勝ちだよ！」

「強いなぁ。僕、また負けちゃったよ」

月本はまるで魔法のように、すっと消毒用の小さな綿球を取り出すと、ちょいちょいと美々のおでこの傷を消毒し、絆創膏《ばんそうこう》をぽんと貼《は》った。

「じゃあ、バイバイしよっか」

「……バイバイして……いいの？」

「いいよ。はい、バイバーイ」

月本が両手で手を振るのにつられて、美々も両手で手を振る。月本が保育士に軽く頷いてOKサインを出し、保育士が頭を下げた。

「美々ちゃん、帰ろ」

「うんっ」

さっきまでの号泣はどこへやら、元気に頷いた美々はあっという顔をした。

「……あ、真尋くんだ」

ご機嫌で保育士と手を繋いだ美々は、ようやく真尋に気づいたようだった。

「真尋くん、バイバイ」

少し恥ずかしそうに手を振り、彼女は去っていった。

「ああ、いらしてたんですか」

月本が、ソファで待っている千晶と真尋に気づき、声をかけてきた。彼は、初めて会った時と同じ、少しまぶしそうな表情で、千晶を見ている。千晶はぺこりと頭を下げた。

「……あの、今のは？」

思わず尋ねると、月本はああと頷いた。

「子供同士でぶつかって、他の子の肩があの子の額にぶつかったんだそうです。視野の確認をしましたが、問題ないようでしたので、傷の消毒だけをしました。後で、園の方に連絡を入れて、経過観察の指示をします」

月本はさらりと言った。

「頭部打撲の場合、頸椎捻挫《けいついねんざ》を伴う場合が結構あるんですが、今見た感じ、動きに問題はないようでしたし、レントゲンも必要ないかと」

ただ、子供と遊んでいるだけに見えたのに、彼の目は必要な情報をすべて得ていたのだ。

確かに、彼は笑顔ではあったが、その目は真剣だったことを、千晶は思い出す。

〝医者の目は……すごいな……〟

病院勤務といっても、千晶はカウンセリング室に籠《こ》もっていることが多く、実際の診療現場に触れることは意外なほど少ない。目の前で見せられた、鮮やかな診察テクニックにびっくりしてしまう。

「月本先生」

そこにナースが現れた。

「診察お願いします」

「あ、ああ、すみません」

月本ははっと我に返ったような表情を見せた。もう一度、千晶の黒い瞳をまぶしそうに見つめてから、すっと軽く頭を下げる。

「あ……す、すみませんっ」

千晶も慌てて頭を下げた。

「お引き留めしてしまって……」

「いいえ、こちらこそ、急にお声がけしてしまって」

月本はてきぱきとした爽やかな口調で言う。

「今日は事故後の診察でしたね。きちんと来てくださってありがとうございます」

そして、彼はすっと踵《きびす》を返すと、診察室に戻っていったのだった。


「……身体的に問題はないようですね」

真尋の診察の順番が来たのは、午後三時過ぎだった。さしもの真尋も、軽いあくびをし始めた頃だった。

「真尋くん、どこか痛いところとか、気持ち悪いところはない？　ごはんはたくさん食べられる？」

月本の問いに、真尋は首を横に振った。

「なんともない。ごはんもたくさん食べられるよ。ごはんが食べられないのは、僕じゃなくて、千晶」

「え？」

月本の栗色の瞳が、椅子に座った真尋の後ろに立つ千晶を見た。月本の瞳は、かなり明るい色で、彼がよくまぶしそうな顔をしているのも、その淡い色の瞳のせいかもしれない。日本人離れした色合いで、透き通る宝石のようだ。

「……あ、ちょっと……体調を崩しているので……」

オメガが体調を崩していると言えば、お察しである。月本は一瞬何かを言いかけたようだったが、すぐにすっと口を閉じて、言葉を飲み込んでしまった。千晶は少しだけ切なげに視線をそらすと、ドアの方に身体を引いた。ヒート期のオメガと狭い診察室にいるのは、たとえアルファでなくても嫌だろう。

「食欲がなくても、水分と塩分、鉄分は取った方がいいですね」

月本はさりげなく言った。

「じゃあ、真尋くん。診察はこれで終わりにしますね。でも、もしも具合が悪くなったりしたら、すぐに来てね」

「はぁい！」

真尋は元気に返事をしてから、ちょっと不思議そうな顔をする。

「ねぇ……先生」

「え？」

「白衣……着てるよね」

真尋はするりと椅子から滑り降りて言った。

「さっきは着てなかった」

「え？　あ、ああ……」

一瞬きょとんとした顔で真尋を見てから、月本は頷いた。

待合室で、真尋の同級生を診た時、月本はスクラブの上に丈の長いカーディガンを羽織っていた。しかし、今は一週間前に受診した時と同じように、白衣を羽織っている。

「さっきは、うちの男性ナースからカーディガンを借りたんだよ」

「どうして？」

真尋は千晶と手を繋ぎながら、月本の方を見る。好奇心に満ちたきらきらの目だ。

「こら、真尋。先生はお忙しいんだから……」

慌てて千晶がなだめるのに、月本は明るく笑った。

「いいんですよ。真尋くん、よく見ているね」

月本に尋ねられて、真尋はうんと頷いた。

「だって、美々ちゃん、すごく泣いてて、僕びっくりしたんだもの。でも、先生とじゃんけんしたら、すぐに泣かなくなったねぇ」

「真尋」

ぺこりと頭を下げて、ドアを開けようとした千晶の手を、真尋がぎゅっと摑んだ。

「千晶、僕、先生に質問の答え、聞いてないよっ」

「真尋」

「いいんですよ」

月本が笑った。

「あのね、ここまであの子の声が聞こえたんだよ」

「美々ちゃんの？　大きな声だったもんねぇ」

したり顔で言う真尋に、月本はくすくすと笑っている。栗色の瞳が楽しそうに踊っている。落ち着いて見える彼だが、こんなふうに笑うと、意外に若いのではないかと思う。

「そう。たぶん、美々ちゃんは病院で怖い目に遭ったことがあって、僕たちが嫌いなんだろうなって思った」

「僕は嫌いじゃないよ？」

真尋が大きな目を見開く。月本が頷いた。

「ありがとう。でも、美々ちゃんはたぶん、僕たちが嫌いだ。だから、せめて白衣だけでも脱いだ方がいいかなって思った。スクラブはねぇ、さすがに脱げないから、ナースからカーディガンを借りてみた」

「美々ちゃん、泣かなかったもんね」

真尋がにっこりした。

「あんなに泣いてたら、みんながびっくりするもんね」

「真尋」

千晶は真尋の手を軽く引いた。

「行くよ、真尋。先生のお仕事の邪魔したらだめだよ」

「うん、千晶」

ようやく満足したらしく、真尋は月本にぺこりと頭を下げる。

「先生、ありがとうございました」

可愛らしい真尋のお辞儀に、月本が微笑んだ。

〝あ……〟

ふいに、千晶は自分の胸を押さえた。

〝え、何……？〟

ずきりと胸が疼いた。心臓の鼓動がどきんと跳ね上がり、胸の真ん中がきゅっと熱くなる。

〝……抑制剤、効いてない……？〟

ヒート期のオメガは、性衝動に苦しめられる。常にセックスができる状態に、身体が高まってしまうのだ。それを強い抑制剤で抑えているのだが、薬の効きが悪いと性衝動を抑えきれないことがある。千晶も何度か経験した、オメガにとってはとてもつらい症状だ。

身体が熱くなっている。鼓動が速くなる。

千晶は慌てた。

「あ、あの、ありがとうございました。し、失礼します……っ」

ドアを開け、真尋を引っ張るようにして、診察室を出る。

「千晶……」

足早に診察室を後にする千晶に引っ張られながら、真尋がきょとんと大きな目で見上げてくる。

「どうしたの?」

「な、なんでもないよ……っ」

「手、痛いよ」

「あ、ご、ごめん……っ」

千晶は立ち止まり、ふうっと深く息を吐いた。いつの間にか、身体の火照りはおさまっていて、胸の痛みもなくなっていた。

〝よかった……〟

「千晶、いい匂いする……」

真尋がすうっと傍に寄り添って言った。

「いつもより……いい匂いするよ」

「え……」

真尋が『いい匂い』と呼ぶのは、千晶の身体から香る薔薇の香りだ。

〝フェロモンが……洩れてる……〟

ヒート期のオメガだ。体調によっては、抑制剤で抑えきれないこともある。わずかにめまいも感じるし、吐き気は相変わらずだ。

「千晶……顔が青いよ」

真尋が心配そうに言った。

「帰ろ？」

「うん……」

千晶は頷いた。支払いを済ませて、二人で病院を出る。

「……真尋」

手を繋いで、両側に花の咲いている小道を歩く。病院の前から続いている道は、右に行くとバス停のある幹線道路に出るし、左に行くと寮や職員住宅、修道院に向かう。二人は左の道に入っていく。さらさらと吹く涼しい風に頬を撫でられると、少し気分がよくなった。

「……月本先生のこと、好き?」

真尋は大人っぽい子だ。彼には、まだバース性に関する理解はそれほどないはずだが、千晶が『弱い立場』にいることはなんとなくわかっているらしく、家から一歩外に出ると、常に千晶を庇うような言動をする。千晶が外出する時には、いつもついてきて、一部に顔もオメガ性であることも知られている千晶が理不尽な目に遭うと、ものすごい勢いで食ってかかる。相手が大人でもお構いなしだ。千晶ははらはらするのだが、美南は「頼もしいじゃない」と笑い、真尋には「あんたが千晶をしっかり守るのよ」と焚《た》きつけているらしい。ケガでもしたらと千晶は気が気ではないが、真尋は真尋で、千晶を守ることを大命題としているようで、千晶を守るのは自分しかいないと思っているようだ。

そんな真尋だから、出会う大人に対しては、まず警戒する。真尋が人前で泣かないのは、甘く見られては困ると、子供ながらに思っているからではないかと千晶は考えている。そんな真尋が、月本の前で泣き、今日は千晶を制しても、会話を続けようとした。こんなことは初めてだった。

「うん」

真尋はあっさりと頷いた。

「なんか好き。なんでかわかんないけど」

「なんでかわかんない？」

真尋はうんと頷く。

「なんでかなぁ……」

とことこと歩きながら、真尋は真面目《まじめ》に考えている。

真尋のふわっとした少し癖のある髪が、風に揺れる。真尋は猫っ毛で、いつも髪がふわっとしていて、とても可愛い。そっとふわふわの髪を撫でると、真尋は「何？」と顔を上げた。

「ううん。真尋、可愛いから」

「僕、可愛いよりかっこいいがいいな」

そう言ってから、真尋はあっという顔をする。

「わかった」

「何が？」

千晶たちの住んでいる職員住宅は、真っ白なマンションだった。聖マルガレーテ総合病院関係の建物は、みな白で統一されている。きれいにクリームを塗ったケーキのようなマンションに、千晶と真尋は入っていく。きちんとセキュリティスタッフのいてくれるマンションは安心だ。これもオメガ専門病棟を持っているという病院の事情による。年に数回は、オメガ絡みのトラブルが起きるのである。

「僕、月本先生がかっこいいから好きなんだ」

「え？」

セキュリティスタッフの前を通って、自分の部屋の前に行き、鍵を開ける。複製を作ることのできないディンプルキーによるロックと、テンキーにコードを打ち込むことによって解除するロックのダブルロックだ。

「真尋、おやつにする？」

「ううん、ミルクだけ飲む」

「ＯＫ」

千晶は冷蔵庫からミルク瓶を取り出すと、カップに注いで、電子レンジに入れた。

「手を洗っておいで」

「はぁい」

真尋はバスルームに走っていって、手を洗うとすぐに戻ってきた。千晶はあたたまったミルクに砂糖を入れて軽くかき混ぜ、椅子に座った真尋の前に置いた。自分はミネラルウォーターをグラスに注いで、氷を入れる。

「僕ね」

真尋がミルクを一口飲んで、ふうっとため息をついた。

「月本先生みたいにかっこよくなりたいなって思ったんだ」

「月本先生みたいに？」

少し喉が渇いたと思った。ゆっくりとコップを傾けて、水を飲む。

「月本先生、すごくかっこいいよ？　背が高くて、顔もかっこいいし、今まで見たお医者さんの中で一番かっこいい。すごーくかっこいい！」

真尋は嬉しそうだ。

「僕もお医者さんになりたいなぁ。月本先生みたいになりたい！」

「真尋……」

「そしたら……千晶も治してあげられるのに……」

真尋はそっと千晶を見上げた。くりっとした大きな目が可愛らしい。

「千晶、ごはんも食べられないくらい……苦しいんでしょ？　病気……なんでしょ？」

真尋には、まだ理解できない。千晶が背負っている過酷な宿命を。

それでも、千晶は嬉しかった。優しく育ってくれた我が子の心が。

「……ありがと。真尋」

少し涙声で言い、千晶は真尋をぎゅっと抱きしめる。

「ありがとう……」

君がいてくれるから、僕は生きていける。

君を産んで……本当によかった。

ACT　5

聖マルガレーテ総合病院オメガ専門病棟は、通称『薔薇《ばら》の棟』と呼ばれている。薔薇は聖母マリアを象徴する花であるため、傷ついたオメガを優しく包み込む、帰るべき場所として、いつの間にかこんなふうに呼ばれるようになった。

「桜庭先生」

コンコンッとノックして、カウンセリング室に入ってきたのは、オメガ専門病棟のナースだった。

「これ、今日退院したクライエントからです」

「はい？」

一週間のヒート期休暇から、千晶は復帰していた。ヒート期を無事抜けて、抑制剤も減らすことができたので、ようやく食欲も戻り、顔色も戻っていた。ヒート期は上気するオメガが多いのだが、千晶は青ざめるタイプだ。体温は上がっているのだが、なぜか、千晶は顔色が悪くなってしまう。おそらく、食べられないからだろう。今朝《けさ》は久しぶりに食欲も出て、真尋が大好きなリコッタチーズのパンケーキを焼いてやることができた。ふわふわのパンケーキにたっぷりのメイプルシロップとバター、粉砂糖をかけて食べるのが、真尋は大好きなのだ。

「……薔薇ですね」

小さな鉢植えだった。可愛《かわい》らしいバスケットに、白とピンクの一重の薔薇を寄せ植えにしたものだ。バスケットには、ピンクのリボンが結ばれていて、ひらひらと揺れている。

「先生にお世話になったからって」

今日退院したクライエントは、まだ若い女性のオメガだった。番《つがい》を強制解除されてしまい、その治療のために入院してきたのだ。幸いなことに、薬物治療がうまくいって、番の解除に成功し、うなじを噛《か》まれる前の状態に戻すことができた。強制解除の治療はなかなか難しく、番を結ぶ前の状態に戻せるのは、被害者の半数くらいなので、彼女は運がよかったことになる。

「……幸せになってくれるといいんだけど……」

デスクに置かれた可愛い鉢植えを見ながら、千晶はつぶやいた。

「今度は……幸せに……」

その時だった。廊下から凄《すさ》まじい悲鳴と衝撃音が響き渡ったのだ。

「きゃ……っ」

あまりの音に、ナースが小さく悲鳴を上げる。これはただごとではない。千晶は席を蹴《け》って、部屋を飛び出していた。

「桜庭先生……っ！」

「これは……」

廊下に出た千晶は、絶句していた。

白いリノリウムの床には、いくつもの血だまりができていた。壁にも血しぶきが飛び散り、凄惨《せいさん》な現場となっている。

「いったい何が……」

言いかけて、千晶はうずくまっている患者に気づいた。

「あなたは……っ」

がたがたと震えながらうずくまっているのは、千晶がカウンセリングをした男性クライエントだった。千晶にちょっとしたマウンティングをしてきたクライエントだ。登校した大学内で突然ヒートが始まってしまい、それを知った質《たち》の悪い学生たちに集団でレイプされた被害者だった。

「いったいどうしたの……っ」

薔薇の棟は騒然としていた。我に返ったナースたちが、入院している患者たちを部屋に押し戻している。

「傷、見せて」

「痛い……先生……」

彼が低く呻《うめ》く。

「先生……痛いよ……」

彼は血まみれだった。どこから出血しているのかわからない。着ている病衣が絞れるくらいに出血していることだけが確かだ。

「早く、ドクターを！」

千晶は必死に声を抑える。ところは病棟だ。特に心を病んでいるオメガに、大きな刺激は禁忌である。

「早く……っ」

「桜庭先生」

落ち着いた低い声に、千晶ははっとして顔を上げた。

「月本先生……っ」

「どうしたんですか」

音もなく、すっと近づいていたのは、整形外科医の月本だった。

「ど、どうして……」

彼は一般外来の医師だった。オメガ専門病棟に出入りできる医師は、この病院で、勤続十年以上のベテランだけだ。バース診断で間違いなくベータであることが確認されており、オメガに対する偏見がないことを宣誓したベテランのみに、オメガ専門病棟での診療が許可されるのだ。

「呼ばれたんです」

月本はてきぱきとした口調で言った。

「こちらでケガ人が出たと。今日、オメガ専門病棟の整形を見ている稲葉《いなば》先生がおやすみなので」

月本は膝《ひざ》をつくと、患者を観察した。千晶は診察の邪魔にならないよう、そっと離れようとする。

「桜庭先生」

患者の方を見たまま、月本が言った。

「ここにいてください」

「え……？」

立ち上がりかけていた千晶は、身体《からだ》の動きを止めた。いぶかしげに、月本を見る。月本の端整な横顔がきりりと引き締まっていた。美しい瞳《ひとみ》を細めて、一心に患者を見つめている。

「すみません。処置車を」

月本がナースに呼びかける。

「は、はいっ」

すでにナースステーションから運び出されていた、消毒やガーゼ、鑷子《せっし》などを積んだワゴンが月本の傍《そば》に置かれる。

「ガーゼ。大きいやつください。たくさん」

「はいっ」

ナースステーションに駆け込んだナースが、すぐに滅菌パックされている大判ガーゼを持ってきた。パッケージを開けて、差し出されたガーゼを摑《つか》み取ると、月本は患者の病衣の袖をまくった。

「……っ」

思わず、千晶は身を引きそうになってしまう。そこにはぞっとするような傷があった。深く長い切り傷が数本走り、血が噴き出している。血管を傷つけているのかもしれない。

「ナートしますから、用意してください。あと、輸血が必要になりますから、そちらの手配も」

「はい……っ」

ナースたちがぐったりしている患者をストレッチャーに乗せて、ナースステーションの隣にある処置室に運んでいく。

「……いったい……」

千晶は、両手で自分を抱きしめるような仕草をしていた。

いくら病院勤務といっても、千晶はカウンセラーだ。血なまぐさいことには縁がない。

「いったい、何が……」

貧血を起こしそうになりながら、つぶやく千晶に、月本は立ち上がりながら、いっそ冷徹ともいえるくらい冷静な口調で言った。

「自殺企図ではないですね」

「え……」

「腕は切っていますが、ためらい傷はありません。あんな深さで何回も自分の腕を切れる人間はいません。他害ですね」

千晶ははっとして、月本を見た。彼の口元が凜々《りり》しく引き締まっている。明るい栗色の瞳がきんと硬質の光を放っていた。その瞳は患者が運び込まれた処置室のドアを見つめている。

「……許せない」

絞り出すような声だった。

「傷ついている人を……さらに傷つけるなんて……絶対に許せない……」

「月本先生……」

すらりと長い指がきつく握りしめられている。

「絶対に……許せない……」

「月本先生」

ナースが処置室から顔を出した。

「ナートの準備できました。お願いします」

「あ、ああ、はい」

月本が何かから目覚めたように、ふっと目を泳がせた。栗色の瞳に宿っていた異様なほどの輝きが、すっといつもの知的なものに戻る。彼の肩に入っていた力が抜け、同時に背中がすうっと伸びる。医師としての月本が目覚めた感じだった。

「……桜庭先生」

「はい」

月本が振り向いた。宝石のように美しい瞳が、千晶の黒い瞳をとらえる。

「……患者さんの傷は隠しますので……一緒に来ていただけますか」

「え……？」

千晶の戸惑いの表情に、月本はすみませんと頭を下げる。すっと上げた顔は、驚くほど真摯《しんし》で真っ直《す》ぐな表情を浮かべている。

「患者さんは今、とても不安だと思います。ナースの話だとパニックも起こしていたようだし。治療中にパニックを起こすととても危険ですので、桜庭先生にいていただきたいんです」

「……わかりました」

千晶は頷《うなず》いた。

この人なら、きっとあの患者を救ってくれる。

オメガの患者の治療はとても難しい。精神のバランスも考えながらの治療になるからだ。特にあの患者のように、もともと大きな問題を抱えている場合、傷や疾患は治せても、心についた大きな傷までも治せず、結果的に身体バランスを崩してしまうことが間々ある。

「……僕でよろしければ」

唇を震わせながらも頷いた千晶に、月本はもう一度頭を下げたのだった。

「麻酔追加ください。皮内針で」

患者の傷は、両腕と首筋だった。腕の傷が特に深く、なかなか出血が止まらない。

「ごめんね。痛いね」

月本は患者に優しい声をかけながら、傷と格闘している。薄いグローブに包まれた、意外に繊細で長い指が、傷を探り、金色の持針器を器用に操って、丁寧に縫い合わせていく。傷の縫い方など見たことのなかった千晶は、その複雑さに驚いた。皮膚をきれいに突き合わせて、ぴたりと平らにして、一針一針縫い合わせる。

「針糸、新しいの出してください」

傷の縫合に使っているのは、丸くカーブした針にナイロン糸がくっついているものだった。傷が縫い合わされていくにつれて、出血が少しずつだが止まり始めた。傷の様子が見やすくなる。

〝何か……鋭いもので切られてる……〟

「桜庭……先生……」

患者には、軽い鎮静剤が投与されているため、とろとろと半分眠っているが、傍にいる千晶の存在は認識しているらしい。

「先生に……ひどいこと言ったりしたから……バチが当たっちゃったよ……」

「そんなことない」

千晶はそっと汗に濡《ぬ》れた患者の額を、ポケットから出したハンカチで押さえた。

「あなたはひどいことなんて言っていませんよ。大丈夫……あなたは私を傷つけてなんかいないんですよ」

千晶の柔らかな声に、患者はふっと笑った。傷の痛みに、時折顔をゆがめながらも、少しだけ笑った。自分を嗤《わら》うような……哀しい笑みだ。

「先生に……馬鹿なマウンティングなんかして……俺だって、番なんか持ってないし……誰《だれ》にも番になんて望まれてないのに……」

ぽつりぽつりと言葉をこぼす。

「……部屋に来たの、俺を……襲ったやつです。……やらせろって……うなじを噛まれるとすごくいいんだろって言って……」

「……」

千晶は黙って、彼の告白を聞く。優しく髪を撫《な》でながら、静かに頷く。

「もう……嫌だった。なんで、オメガだからって、好き放題にされなきゃならないんだって……。ネックガードをナイフで切ろうとしてきて、それに抵抗してたら……あちこち切られちゃって……」

その時、千晶のＰＨＳが震えた。そっと引き出して、耳に当てる。

「はい、桜庭です」

電話をかけてきたのは、セキュリティだった。

「……ええ……ええ……わかりました。警察に通報してください。院長には、僕から話しますので。お願いします」

電話を切った千晶を、月本が見ている。千晶は軽く息をついた。

「……犯人が捕まりました。セキュリティで、血まみれの男を捕まえたそうです」

「でも、どうやってここに入ったんでしょう」

縫合の介助をしているナースがぽつりと言った。

「ここに入るためには、必ずセキュリティチェックがあるのに……」

「……」

千晶は言いよどんだ。しかし、患者の方が先に言う。

「……あいつ、弟がここのセキュリティにいるって……言ってた。オメガの恋人に会いたいって言ったら、騙《だま》された馬鹿だって……」

オメガ専門病棟に立ち入るためには、必ず一階のセキュリティを通らなければならない。そこを通ってきた以上、セキュリティスタッフに共犯者がいるとは思っていたのだが。千晶は暗澹《あんたん》たる思いでうつむいた。

「あなたを……守ってあげられなかった」

「……守ってもらってます」

患者が微笑《ほほえ》む。

「こうして……俺みたいなやつを助けようとしてくれてる。先生が二人もつきっきりで……助けてくれる」

月本は淡々と処置を続けている。表情はほとんど動かない。出血が止まり、傷が見やすくなったためか、信じられないようなスピードで針が走り、細かくきれいに傷を縫い合わせていく。介助のナースは、月本の持針器の動きを追うのに必死だが、月本の方は汗ひとつかかず、涼しい顔をしている。もともと涼しげな印象のある容姿なのだが、仕事に集中している今は、そのきんとした硬質な雰囲気がより強くなって、まるで青い冷たい炎を背負っているようだ。

「……よし、右は終わり。左を見ます」

月本はクールな口調で言い、身体の位置を変えた。

「グローブ替えます。替わりを出してください」

「は、はいっ」

血まみれになったグローブを外し、新しいグローブを手にする前に、額にじわりと浮かんだ汗を軽く指先で拭《ぬぐ》おうとした。それに気づいた千晶は、無意識のうちに手を伸ばし、手にしていたハンカチで、月本の汗を押さえていた。

「ありがとうございます」

月本は一瞬驚いたような顔をしてから、嬉《うれ》しそうに笑った。栗色の瞳を細め、とても優しく千晶を見つめる。

「すみません。長時間つき合わせてしまって」

「いえ」

千晶はすっとうつむく。伏し目がちになると、完璧《かんぺき》なカーブを描く二重瞼《ふたえまぶた》の美しさが際立つ。長い睫毛《まつげ》の陰に黒い瞳が隠れ、千晶は月本の視線から逃れる。

彼の視線は少し熱い。体温を感じるくらいに熱く、千晶を包み込む。

〝そんなに……見ないでほしいな……〟

千晶は人の視線に敏感だ。誰かの視線を感じると、もしかしたら自分のフェロモンの香り……薔薇の香りが届いてしまったのではないかと怯《おび》える。オメガにとって、自分のフェロモンの香りがアルファに届いてしまうことは、軽い恐怖だ。それが合意のもとで、ベッドの上でなら構わないのだが、そうでない場所では、恐怖でしかない。最悪の場合、衆人環視の中で襲われることにもなりかねないからだ。

「……すみません」

もう一度、なぜか詫《わ》びると、月本は患者に向き直り、再び新しい傷に挑み始めた。

今日の晩ごはんは、真尋の大好物であるクリームシチューだ。大ぶりに切った野菜とチキンが入ったシチューは、きちんとルーから作るもので、いつも大鍋《おおなべ》いっぱいに作るのに、あっという間に、真尋と美南が食べ尽くしてしまう。

「……そういえば、千晶」

せっせと山盛りのシチューを食べている真尋を眺めながら、美南が少し低い声で言った。

「月本先生のことだけど」

「月本先生……？」

千晶はきょとんと目を見開く。端麗で、ドールめいた美貌《びぼう》の千晶だが、そんな顔をすると、まだ二十代半ばの若さが垣間《かいま》見《み》える。

「月本先生がどうかしたの？」

「……何言ってんのよ」

美南が呆《あき》れたように言う。いつもはビール党の美南だが、今日はワインだ。しかし、ワインといってもヴィンテージなどという高価なものではなく、紙パックの安価なワインを普通のコップに注いで、水代わりに飲むのが美南のスタイルだ。一口ワインを飲んで、美南はため息をつく。

「あんたが、月本先生がアルファじゃないかって心配するから、ちゃんと調べてあげたんじゃない」

「あ、ああ……そっか……」

オメガ専門病棟『薔薇の棟』で、月本は普通に診療するようになっていた。もともと稲葉医師一人ではオーバーワーク気味だったのだ。オメガ専門病棟である以上、当然ヒート期に入っているオメガもいる。その中で、淡々と診療を続けている月本がアルファのはずがない。

「月本先生ね、アメリカに留学していて、医師免許も日米両方で持ってるんだって」

「アメリカの？　じゃあ、生まれも育ちも向こうなの？」

「ううん、大学院からみたいだね。大学を卒業して、医師国家試験を受けてから、向こうに行って、向こうの医師免許取って、ずっと仕事してたらしいね。で、三カ月前に突然帰国して、うちに来たってわけ」

真尋はさっさと食事を終えると、隣のリビングでテレビを見始めた。千晶も食事を終えて、コーヒーをいれる。美南はシチューをつつきながら、まだワインを飲んでいる。

「どうして、うち？」

千晶はゆっくりとコーヒーを飲む。

「うちは……特殊な病院ではあるけれど、整形の先生にとって魅力的かというと……そうじゃないと思うよ」

「うーん……」

聖マルガレーテ総合病院は、院内に教会を持ち、敷地内に修道院を持つ特殊な病院だ。宗教に裏打ちされているためか、緩和ケアには定評がある。そして、もう一つの柱が、社会的弱者であるオメガへの医療提供と保護だ。

「そこは……なんとも言えないけど。でも、とにかくバース診断書も見てきたけど、間違いなくベータだよ」

「うん、それは……そうだと思う」

千晶は頷いた。さらさらと素直な髪が目元を隠す。

「先週、うちで患者が襲われた事件は知ってるよね？」

「うん。びっくりしたよ」

飲んでいる白ワインがぬるくなってきたと、美南は氷をコップに入れて、ワインを注《つ》ぐ。とんでもなく邪道な飲み方である。

「セキュリティスタッフに信じられないようなバカがいたらしいね」

「……今までにもなかったことじゃないから」

千晶は深いため息をつき、頭痛がするかのように軽くこめかみを押さえた。

「……ヒートがある以上、セックスと結びつけられるのは仕方ないけど、相手が誰でもいいわけじゃない。アルファとオメガは、鍵《かぎ》と鍵穴の関係だからどうにもならないけど、ベータとオメガはそうじゃないのに、どうしてそれを理解できないんだろう」

「まぁ……ねぇ……」

美南は、あたしも頭が痛いのよと言う。

「セックスに関連することには、どうしても触りたくない人たちがいるのよね。あたしはバース診断する時に、セットでヒートについては教えるべきだと思うし、もう耳にタコができるくらいの勢いで刷り込むべきだと思ってるけど、そうじゃない人も多い。特に……アルファにとっちゃ、オメガはウィークポイントみたいなもんだからね」

「ウィークポイント？」

「どんなに気取ってたって、ヒート期のオメガを目の前にぶら下げられたら、アルファはむしゃぶりついていくしかない」

美南の言葉は恐ろしくストレートだ。

「それを認めたくない人たちってのが、いろいろなことを決めるところにいるからね。禁忌としているうちに、ヒートの間違った方向に肥大化した情報が垂れ流される」

美南は産科医だ。当然、オメガの出産も手がけるし、堕胎も行う。望まない妊娠を山のように見てきているのだ。

「実際、オメガをレイプするのは、アルファよりもベータが圧倒的に多い」

「……そうだね」

侵入してきたベータに大ケガをさせられたオメガの患者は、まだショックがひどく、ナースステーション隣の部屋に留め置かれている。彼が精神的に立ち直れるのか、千晶は気がかりだ。

「……あの事件の時、患者の手当てをしてくれたのが、月本先生だったんだ。あの時、あの患者はヒート期ではなかったけれど、オメガ専門病棟だから、当然ヒート期の患者もいる。僕はわからないけど、ベータのナースで、フェロモンに敏感な子なら、わかる程度には、香りもするらしい。でも、そんな薔薇の棟で、月本先生は全然平気な顔で診療しているから、間違いなくベータだと思うよ」

ルックスも知性も何もかも、どこからどう見てもアルファにしか見えない月本だが、抑制剤なしのヒート期オメガもいる病棟で、淡々と診療を続けていられるのだから、アルファであるはずはない。

「まぁ、アルファだったら、医者になんかならないか」

美南はぐっとワインを飲み干すと、残っていたシチューをぱくぱくと食べた。

「医者ってさ、絶対にブルーカラーだよね」

「え？」

千晶は美南のために、パンに軽く霧を吹くとレンジに入れた。こうするとふわっと柔らかくあたたかくなる。

「どうして？」

「だってさ、どう見たって、肉体労働だよ。時間外もてんこ盛りだしさ」

「……そうだね」

千晶は笑いながら、あたたまったパンをレンジから取り出す。

「時間外……ありありだよね」

千晶の出産も深夜だった。陣痛が弱く、分娩《ぶんべん》時間が二十四時間を超えたところで、千晶の体力が保《も》たなくなったため、帝王切開に切り替えられたのだ。

「そんなのわかってて、あたしは産科医になったんだけどね」

ふわふわのパンにバターをたっぷりと塗って、美南は美味《おい》しそうに頰張《ほおば》る。

「あたしはさ」

静かにコーヒーを飲む千晶に、美南は言う。

「医者になってよかったよ」

「お姉ちゃん……」

「あたし、あんたを……少しは守れてる……よね」

優しい美南。

一族にたった一人のオメガとして生まれ、家族に愛されない宿命を背負った千晶に手を差し伸べ、抱きしめて庇《かば》ってくれた人。

「うん、お姉ちゃん」

千晶は微笑んで頷く。

「……ありがとう」

「千晶、全部買った？」

千晶が押しているカートを真尋が覗《のぞ》き込む。

「ヨーグルト買ったよね？」

「買ったよ。真尋の好きな苺《いちご》ソースのヨーグルト」

二人は大きなショッピングモールの中を歩いていた。病院から車で十分ほどのこのモールは、真尋のお気に入りだ。ほとんど買い物はネットショッピングで済ませてしまう千晶だが、一カ月に一度くらいは、散歩がてら真尋を連れて買い物に来る。本当なら、もっと連れてきてやりたいのだが、やはり千晶の安全を考えると、人混みには出たくないところだ。

「チーズは？」

「リコッタチーズ。またパンケーキにしてあげるね」

「やったぁ！」

飛び抜けて美しい青年である千晶と可愛らしい真尋の組み合わせは目立つ。時々、声をかけようとするものもいるのだが、そのたびに真尋が敏感に反応し「なにかごようですか！」と食ってかかるので、千晶は笑いながら真尋をなだめ、すっと通り過ぎることができる。

「今日の晩ごはんは……」

「あれ？」

二人から少し離れたところで、立ち止まる人がいた。すっきりとした長身。整った涼しげな容姿。低く響く柔らかな声が聞こえる。

「桜庭先生？」

「え？」

千晶も思わず立ち止まる。

「どうしたの、千晶？」

真尋も立ち止まり、千晶の視線の先を見て、わぁっと声を上げた。

「月本先生だっ！」

真尋は千晶の手を引っ張って、立ち止まっている月本のもとに駆け寄ろうとする。

「ちょ、ちょっと待って……！　真尋……っ」

荷物を積んだカートごと引っ張られて、千晶は小さな悲鳴を上げる。月本の方が慌てて、駆け寄ってきてくれた。

「……お買い物ですか？」

転倒しそうになったカートを支えて、月本が尋ねた。千晶はこくりと頷く。

「散歩がてらです」

「先生は？」

真尋がにこにこと月本を見上げている。たいていの大人には警戒心丸出しの真尋にしては、本当にめずらしい表情だ。

「僕もだよ。この近くに住んでいるから」

「そうなんだ」

「ここ、いろいろなお店があっていいね。なんでも買える」

月本も、千晶の気のせいでなければ、楽しそうに真尋と話している。

「まだこっちで一人暮らしを始めてから日が浅いから、足りないものがたくさんあって、しょっちゅう買い物に来ているんだ。あとは……お茶かな」

「……お茶？」

真尋が目を大きく見開いて、月本を見た。

「お茶……買うの？」

「そこにね」

月本が振り返った。彼の視線の先には、オープンエアーになっているカフェがあった。爽《さわ》やかな空色とアイボリーホワイトで統一された店内は、モールの中ということを忘れさせそうなくらい可愛らしく、涼しげだ。よく見ると、カフェというだけではなく、店内で茶葉の販売をしているらしい。丸い缶にお茶っ葉を詰めているスタッフがいる。

「お茶の専門店なんだ。僕、紅茶が好きでね。いつも飲むのは取り寄せていたんだけど、ここで買ってみたら美味しくて。それから、ずっと買いに来てるんだよ」

「あ、お菓子もある……」

さすがに子供だ。真尋が目敏《めざと》く見つけたのは、カフェのテーブルに運ばれていくケーキだった。ふわふわの生クリームたっぷりのショートケーキだ。アメリカンカットというのか、かなり大ぶりのケーキである。

「あの」

月本が千晶をいつものようにまぶしそうに見つめた。

「お時間あったら……お茶しませんか？」

「え……」

千晶は基本的に外食はしない。哀しいことだが、テーブルに座ってしまうと、何かことが起きた時にすぐに逃げられない。自然と、外で食事をしたり、コーヒーを飲んだりということはしなくなっていた。

「ねぇ、千晶。お茶しようよ」

めずらしく、真尋がねだってくる。良くも悪くも聞き分けのよすぎる、大人っぽい子は駄々をこねたりすることは、今まで一度もなかったのだ。

「真尋……」

千晶は少し驚き、そして、少しだけ嬉しくなった。

〝真尋も……ちゃんとわがまま言えるんだ……〟

この子には、ずいぶん我慢をさせてしまっていると思う。まだ小学校にも入らないのに、真尋は外を歩く時、必ず千晶を守ってくれる。周囲に気を配り、声をかけてくる輩《やから》には嚙みつき、必死に千晶を守る。

「……先生さえよろしければ」

千晶は頷いた。月本がぱっと顔を輝かせる。こうして見ると、彼もやはり若いのだ。千晶よりは年上だと思うが、若々しい青年の顔がほの見える。

「じゃあ、行きましょう。外のテーブルの方がいいですね」

月本が先に立って歩き出すのに、真尋が跳ねるようにしてついていく。

「不思議な……人だ」

千晶はつぶやく。

いつの間にか自分が微笑んでいることに、気づかないままに。

三人で囲んだのは、木陰に置かれた白いテーブルだった。真尋には少し高いテーブルだったが、椅子《いす》にクッションを乗せてもらい、にこにことご満悦である。

「お待たせいたしました」

白いシャツに黒いタブリエ姿のギャルソンが、ワゴンを押してきた。

「ポットのフルーツティーと苺ショート、アップルパイでございます」

大きなガラスのティーポットいっぱいに、りんごや数種類のベリー、キウイ、ミントを詰め込み、熱い紅茶をたっぷりと注いだフルーツティーは、すごくいい香りがする。月本によると、紅茶を普通にオーダーするとプレス式の茶器でサーブされるというので、三人で飲めるように、ポットで、名物というフルーツティーをオーダーしてみたのだ。

「ポットでオーダーすると、たっぷり三杯以上入っているんですよ」

月本が、きょとんとしている千晶と真尋をおかしそうに見ている。ギャルソンが白いカップを三つ並べて、器用に紅茶を注いでくれた。ふわっと甘いフルーツと香しい紅茶の香り。千晶は真尋の分に砂糖を少し入れてやる。真尋は喜んでカップを抱える。

「甘くて美味しい」

一口飲んで、真尋はわぁっとはしゃいだ声を上げた。

「苺の味がする……っ」

「こっちも苺だよ」

月本が笑いながら、ケーキを指さした。生クリームたっぷりのケーキには、真っ赤な苺がのっている。苺ショートといっても、ケーキの間にサンドされているのは、缶詰のみかんやパイナップルの場合が多いのだが、ここのケーキにサンドされているのは、たっぷりの苺をスライスしたものだった。本当の苺ショートだ。真尋はにこにこしながら、フォークを手に取った。

「……月本先生は紅茶党でいらっしゃるんですね」

千晶はフルーツティーを一口飲んだ。フルーツの香りが強いので、もっと甘いのかと思ったが、意外に紅茶の味も香りもしっかりしている。自宅では、美南がコーヒー党なので、ついコーヒーをいれがちだが、これは美味しい。ふうっと深くため息をつきたくなる……ほっとする味わいだ。

「昔はコーヒーが好きだったんですが、ニューヨークで一人暮らしして、いつの間にか紅茶を飲むようになりました。たぶん……どこに行っても、コーヒーの香りがするからでしょうね。香りだけで、お腹いっぱいになるんです」

「ニューヨークにいらしたんですか？」

アメリカ帰りだとは聞いていたが、どこから帰ってきたのかはわからなかった。

「ええ」

月本は穏やかに頷いた。

「……六年いました。実際仕事をしていたのは五年間ですが」

おそらく、一年くらいは語学を学んでいたのだろう。学生として講義を受けるくらいなら、日常会話程度ができれば、ある程度なんとかなるが、医師として働こうと思ったら、専門用語を使いこなさなければならない。かなりハードな語学の勉強が必要なはずだ。

「どうして、アメリカに？」

千晶と月本は、アップルパイをオーダーしていた。かりっと焼けたきつね色のパイ皮の下に、シナモンを利かせたりんごの甘煮がたっぷりと入っている。焼きたてらしく、パイはまだあたたかい。

「……そうですね」

月本はぽつりと言った。なんとなく彼らしくない、力ない言い方だった。

「……日本には……僕の求めるものがなかったから……でしょうか。親も海外への留学経験があったので、一度は海外に出てほしかったようですし」

「アメリカで医師免許を取るのは大変だったのでは？」

さくりとパイ皮を崩し、爽やかな酸味のあるフィリングと一緒に食べてみる。まろやかな紅茶とよく合う。りんごにも火が通りすぎていなくて、さっくりとした歯ごたえがある。

「アメリカの医師免許は、日本と性質がかなり違うんですよ」

月本はゆっくりと喉《のど》の渇きを潤すように紅茶を飲んだ。

「アメリカの医師免許は、州ごとに取るようになっています。つまり、ニューヨーク州で免許を取ったら、カリフォルニアでは働けません。免許を取り直さなければならないんです」

「……そうなんですか」

「日本では一度医師免許を取ると、国家資格なので、国内どこでも仕事ができますし、准看護師のように都道府県ごとに取る資格でも、国内ならどこでも通用します。しかし、アメリカでは、州ごとに法律が違うので、他の州で取った資格が通用しないことがよくあります」

月本の仕草がとてもきれいなことに、千晶は気づいた。長い指の仕草がしなやかで、とても優雅なのだ。おそらく、育ちがいいのだろう。裕福な家庭の育ちだということが知れた。そして、彼が間違いなく、家族に愛されて育った人間だということも。

〝僕とは……生きる世界が違う〟

千晶の世界は閉じている。千晶の生きる世界は、姉の美南と息子の真尋、そして千晶。この三人だけで構成されている。千晶が静かに、穏やかに暮らしていくには、その閉じた世界で生きていくしかなかったのだ。

「ねぇ、千晶」

ふと気づくと、真尋が話しかけていた。一瞬、意識が飛んでいた千晶は、はっと我に返る。

「な、何？　真尋」

「アップルパイ、少しちょうだい？」

真尋は、もうケーキを食べ終えていた。千晶のアップルパイをうらやましそうに見ている。千晶はくすりと笑った。

「……仕方ないなぁ」

アップルパイもかなり大きい。千晶はフォークで二口分くらいを切り分けて、真尋のお皿に入れた。真尋は大喜びで、一口紅茶を飲んでから、パイを口に入れた。もぐもぐと美味しそうに食べて、にっこりする。

「うん、美味しいねっ」

「真尋くん」

月本がおかしそうに笑う。

「結構シナモン利いてるけど、大丈夫？」

「うん。全然平気だよ。でも」

真尋はテーブルに伏せるような仕草を見せた。内緒話の体勢らしい。月本がそっと身を寄せてつき合ってくれるのが、微笑ましい。

「あのね」

真尋が小さな声で言った。

「千晶の作るアップルパイの方が美味しいんだよ」

「真尋……っ」

「へぇ、そうなんだ」

「千晶のアップルパイはね、カスタードクリームも入ってるんだ。甘くてね、優しい味がするんだよ。千晶みたいなんだ」

真尋は身体を起こすと、ことんと隣に座っている千晶に寄りかかった。

「千晶の作るのはね、なんでも美味しいんだ。お菓子もごはんも、何もかも美味しいんだよ」

「……それは食べてみたいな」

月本がにこりと微笑んだ。

「僕は一人暮らしだから、なかなか美味しいごはんを作れなくてね。真尋くんがうらやましいな」

「でしょ」

真尋がえへへと笑い、千晶の手をきゅっと握った。

「月本先生も千晶のごはん、食べに来ればいいのに。シチューもスパゲティもグラタンも、千晶が作るのは、みんな美味しいんだから」

「……そんなことないんですよ」

千晶は苦笑する。

「ただ、うちは僕と姉とこの子の三人暮らしなので、僕が食事を作るしかないんです。姉は仕事がとても忙しいので」

「産科の桜庭先生ですね」

月本が言った。

「ばりばり仕事をなさる女医さんですね。ナースたちが、桜庭先生はいつ家に帰ってるんだって、よく言っています」

美南は一種のワーカホリックだ。もともとはオメガとして生まれた弟の千晶を理解するために産科医になったはずなのだが、いつの間にか、仕事にのめり込んでしまった。お産となるとベッドを飛び出して、病院に駆け戻ってしまう。真尋が千晶と一緒の部屋に寝ているのは、美南の生活時間がめちゃくちゃなせいもあるのだ。

「そういえば……」

月本がポットに残っていたフルーツティーを、真尋のカップに注いでくれながら言った。

「どうして、真尋くんは桜庭先生のことを『千晶』って呼ぶの？」

「え？」

真尋がカップを両手で抱えながら言った。

「千晶は千晶だから。ママもそう呼ぶし」

つきりと千晶の胸が痛む。

真尋には、千晶が産みの親であることは伝えていない。

せめて、真尋が誰の子供かわかっていたら……真実を伝えることもできるのに。今のままでは、真尋は『望まない妊娠』によって生まれた子供になってしまう。父親が誰かわからないような性交渉は明らかに異常だ。それはレイプでしかない。

「……あ、ちょうちょだ！」

オープンエアーのカフェなので、風が通る。ひらひらときれいな蝶《ちょう》がその風に乗って、緑の葉をたっぷりとまとった枝の間を舞う。真尋が手を伸ばすが、届くはずもない。真尋も本気でつかまえるつもりはないらしく、ただ眺めている。

「きれいだねぇ……」

「キアゲハだね」

月本が言った。

「大きいね。緑に映える羽だ」

「黄色がすごくきれいだよ。黒い縁取りがかっこいい。どこから来たんだろう……」

「真尋くん、今度、ちょうちょ見に行こうか」

「え、どこに？」

「昆虫館っていうところがあってね……」

月本と真尋が、まるで年の離れた友達のように、打ち解けて話しているのを、千晶は静かに眺める。

二十五年間生きてきて、こんなに心穏やかで、優しい時間を持ったことがあっただろうか。

この瞬間だけ、千晶は自分の運命を忘れていた。

無邪気に笑う可愛い真尋。そんな真尋を嬉しそうに眺め、そして、隣にいる千晶にも優しい眼差《まなざ》しを送ってくれる人。

彼はとてもまぶしそうに、千晶を見つめる。栗色の美しい瞳で、いつも千晶を少しまぶしそうに見つめ、微笑んでくれる。

彼は、月本智也は、千晶がオメガであることを知っているはずだ。聖マルガレーテ総合病院のウェブサイトを見れば、それは一目瞭然《いちもくりょうぜん》で、彼がそれを見ていない確率はとても低い。

それでも、千晶は小さな可能性にしがみつきたくなってしまう。

もしかしたら、彼は知らないのかもしれない。千晶がオメガであることを。

番を持たないオメガである千晶が、今もヒートに苦しんでいることを。

身体がふらつくくらい強い抑制剤を服用しなければ、ヒートの間中、激しい性衝動に泣き叫び、ベッドに手錠で繋《つな》がれなければならないことを。

〝知られたくない……〟

あなたの瞳に映る桜庭千晶は、清潔で物静かな……自分でありたい。

それは叶《かな》わない夢であると知りながらも、千晶は願わずにいられない。
もう少し……もう少しだけ、この穏やかな時間を過ごすことを僕に許してくださいと。

ACT 6

その依頼が千晶のもとに持ち込まれたのは、秋の終わりだった。

緑の風が柔らかく涼しかったオープンエアーのカフェも、ストーブと膝掛けを置くようになり、薔薇の棟の窓辺で、健気《けなげ》に咲いていた薔薇もすっかり花を落とした頃、千晶は突然、理事長室に呼ばれた。

「……僕に何か？」

聖マルガレーテ総合病院の理事長は、実は宗教とはまったく関係のない人物である。

聖マルガレーテ教会とそれに付属する二つの修道院が、もともとの組織で、そこに後付けで作られたのが、聖マルガレーテ総合病院である。最初はこれほど大きな病院ではなかったのだが、宗教に裏打ちされた緩和ケアと小児科、産科の評判がよく、患者がどんどん増えていった頃、ある大企業が資金を投入して、病院を大きく建て替え、人材も投入すると言ってきた。すでに慣れない病院経営に行き詰まっていた聖マルガレーテ修道会は、経営権を譲り渡し、教会と修道院のみの経営に戻り、それ以外の部分を企業が担うこととなった。当然、理事長もその企業から送り込まれてきた人物である。

「ああ、桜庭先生。お待ちしていました」

病院という現場で働いている千晶にとって、スーツ姿は、あまり見慣れない人種だ。理事長は確か土屋《つちや》とかいう名前だった。呼び出された理事長室には、土屋の他にもう一人の人物がいた。年の頃は四十代か。土屋と同じホワイトカラーの匂《にお》いのする、やはりスーツ姿の男性だ。

「桜庭先生、こちらは……今のところは名前は伏せさせていただきますが、ある政治家の秘書をなさっている方です」

「失礼いたします、桜庭先生。名を名乗らないご無礼をお許しください。とても……デリケートな問題を含むご相談に上がったもので。もしも、こちらのお願いをお聞き届けいただけなかった場合、依頼主の名前をご存じでない方が、お互いのためかと思いますので」

何やら、うさん臭い話だ。千晶はわけがわからないまま、ソファに座った。

「一応、確認をさせていただきますが、桜庭先生はオメガ性……番をお持ちにならないオメガ性で、合っておりますでしょうか」

いきなり言われて、千晶は絶句した。不躾《ぶしつけ》にもほどがある。

「……ええ」

千晶は頷いた。余計なことは言いたくなかった。オメガがバース性を確認される時は、だいたいいい話ではない。

「結構」

政治家の秘書と名乗った男は、満足そうに頷いた。

「実は、桜庭先生に子供を作っていただきたいのです」

なんのためらいもなく、いきなりずばりと言われて、千晶は再び絶句した。

「私が秘書を務めている政治家は、当然のことながらアルファ性です。その地盤を継ぐべきご嫡男もアルファで、それはいいのですが、そのご嫡男にいまだに後継ぎができないのが、先生の悩みなのです」

彼が『先生』と呼ぶのは、彼が仕えている政治家だろう。

「二度ほど結婚もなさいましたが、アルファのお子様には恵まれず、複数の愛人にもアルファ性の子供はできませんでした」

「……」

アルファ性の親から、必ずしもアルファができるわけではない。アルファ性の女性は妊娠しないため、アルファ同士の夫婦だと、子供は代理母に産んでもらうことになるが、この場合もアルファ同士の精子と卵子で受精させても、アルファ性の子供が生まれる確率は、決して高くない。

そんな中で、優位にアルファ性の子供が生まれる確率の高い組み合わせがある。

それがアルファ性の男性とオメガ性の男性間での受胎である。

「先生が、たまたまお読みになった雑誌に、桜庭先生の記事が載っておりまして、一目見て、あなたの知性と美しさにたいそう感銘を受けられて。この方ならと」

「……僕に……愛人になれと……？」

「いえいえ」

秘書は不気味なまでに如才なく笑う。

「後継ぎを産んでいただけたら、番になってもいいと。坊ちゃまも桜庭先生のことはお気に召したようで、たとえオメガの男性でも、こんなに美しいなら、番になってもいいと」

ありがたく思えと言うのか。

表情をなくした千晶に、秘書はおもねるような表情を浮かべる。

「もちろん桜庭先生が、この聖マルガレーテ総合病院でのお仕事にやりがいと誇りを持っていらっしゃることは理解しています。もしも、妊娠、出産となれば、最低でも一年は職場を空けることになるわけですし」

『最低でも一年』の言葉に、千晶は気分が悪くなる。

じゃあ、最大限なら、いったいどのくらいになるのだと思う。

時々、身なりはいいのに、身体的にはぼろぼろになって逃げ込んでくる男性オメガがいる。たいてい、彼が逃げ込んできた直後に、病院に高級車が横付けになって、スーツに身を固めた一団が、彼を取り戻しにやってくる。彼は、アルファ性の子供を産むために、強制的に妊娠させられていたのだ。他の組み合わせよりも確率が高いというだけで、オメガ性の男性なら、必ずアルファ性の子供を産めるわけではない。そのため、アルファ性の子供を産むまで、何度でも妊娠させられる。妊娠するために、抑制剤を絶たれて激しいヒートに入り、ヒートの間中セックスを強要される。そんな虐待に耐えかねて、逃げ出してきた男性オメガをいったい何人保護しただろう。

まさか、自分がその立場に置かれるとは、考えたこともなかったが。

「うかがったところ、こちらの……オメガ専門病棟は、かなり経営を圧迫しているとか」

秘書が嫌な目つきをする。千晶は無言のまま、先を促す。

「オメガ専門病棟には、多大な投資が必要と聞き及んでいます。完全個室や複数のセーフティルーム、検査室や手術室も専用のものが必要とか」

「貧しいオメガも多いですから」

理事長が口を挟む。

「かといって、治療費が払えないオメガを見捨てることもできません。当院は、キリスト教の教えの上に成り立っておりますので」

「……僕が、あなたの雇い主の……孫を産めば、何をしていただけるんですか」

千晶は淡々とした、抑揚のない口調で言った。感情を殺すしか、叫び出さない方法を思いつかない。

「恋とか愛とか情とか、そんなものは要求しないでください。あくまで、これは……そう、ビジネスです」

自分を傷つける言葉を吐き出しながら、千晶は自分の心が乾いていくのを感じる。柔らかに潤っていた心が、からからに渇いていく。オアシスを失った、灼熱《しゃくねつ》の砂漠のように。

そこにあるのは、静かな絶望だ。

「……僕が、この契約に応じれば、薔薇の棟に対する支援がいただけると考えていいんでしょうか」

千晶の静かな声に、秘書と理事長は吐き気がするような笑顔で頷く。

「もちろん。継続的な支援をお約束いたします。支援の内容はこちらになります」

「確認させていただきました。素晴らしいものですよ」

もうため息も出ない。

ここで千晶が首を横に振ったら、おそらく、薔薇の棟は遠からず閉鎖になるのだろう。それでなくとも、オメガ専門病棟は金食い虫なのだ。その上、そこを頼ってくる患者たちは、いろいろと扱いの難しいオメガである。もともと医療者でも、宗教者でもない理事長が、うっとうしく思うのも、正直無理はないと思う。外来や他の病棟で出す黒字を、薔薇の棟がすべて吸い取ってしまう。

しかし、それは決してなくしてはいけないものなのだ。

心も身体も傷つけられて、薔薇の棟を頼ってくる人がいる。自分をレイプした者に再び襲われて、大ケガを負ったクライエントは、まだナースステーションの隣の個室から出られない。薔薇の棟がなくなってしまったら、彼のようなオメガはどこに行けばいいというのだろう。

迷いはなかった。選択の余地がないと言ってもいいくらいに。

「……わかりました」

千晶は頷いた。

「契約書があるんでしょう？」

お金が絡むことだ。支援だけさせられて、千晶が御曹司との性交渉を拒否することがあってはならない。当然、契約書があるだろうと思ったら、やはり、すっと出てきた。千晶はそれを手に取り、ゆっくりと読んでいく。

「……番になるかどうかは、契約に入っていないんですね」

ヒート期に入る前から、用意されたマンションに移り、抑制剤の内服をやめる。ヒートが始まったら、求められるままにセックスをし、拒否することは許されない。妊娠したら、医学倫理的には許されておらず、確実性にも疑問がある出産前診断を受け、胎児のバース性を確認する。アルファであれば、そのまま妊娠を継続して出産し、アルファ以外であれば堕胎し、次のヒート期に再び御曹司と交わって、妊娠する。アルファ性の子供を妊娠するまで、千晶は解放されない。

はっきり言って、地獄だ。

「もちろん、先ほど申し上げました通り、坊ちゃまが桜庭先生を気に入れば、うなじを噛むこともあり得ます。ですので、ネックガードはなさらないことをお勧めします。坊ちゃまの番となれば、先生の一生は安泰です」

「……お礼は言いません」

千晶は唇をきつく噛んだまま、ペンを手にした。

この契約を知ったら、きっと美南は激怒する。たぶん、優しい姉は泣いて怒るだろう。しかし、千晶にとって、薔薇の棟に助けを求めてくるオメガの姿は、明日の自分なのだ。

〝薔薇の棟は……絶対になくしちゃいけないんだ……〟

契約書にサインしながら、千晶は真尋のことを思う。

真尋は泣くだろうか。次のヒートが来たら、千晶とはもう一緒に暮らせないと知ったら、泣くだろうか。泣いて……そして、いつか諦《あきら》めてくれるだろうか。

〝真尋は……強い子だから、きっと大丈夫だ〟

もともと、真尋は美南の子として育てている。

〝大丈夫……真尋は……〟

サインを書き終えて、千晶はすっと顔を上げた。

すべての表情をなくしても、やはり千晶は美しかった。いや、感情を排し、表情をなくしたからこそ、千晶の持って生まれた端麗な顔立ちが際立って、ぞっとするほど美しい。

「……次のヒートは二週間後に始まります。どこか……自宅から離れた場所を用意してください」

「セキュリティが完璧なマンションをご用意します」

秘書が揉《も》み手せんばかりに、全開の笑顔で笑う。

「……防音も完璧ですので」

「そうですか」

千晶は冷たい声で言い、ゆっくりと立ち上がった。

ヒートの間中セックスをして、いくら声を上げても大丈夫というわけか。

「それでは、部屋の用意ができたら知らせてください。そちらに……移りますので」

そう言い捨てると、千晶は足早に理事長室を出た。


「千晶」

政治家の秘書から「マンションの準備ができた」と連絡が来たのは、千晶が契約書にサインしてから、一週間後だった。ヒート期に入るまであと一週間。妊娠を目的にするなら、抑制剤は使わない方が、より妊娠の確率が上がる。しかし、抑制剤を使わないとしたら、フェロモンを抑えることができず、千晶の場合、薔薇の香りを発散することになる。ヒート期に入る一週間前から、抑制剤の強度を上げるため、このタイミングで用意されたマンションに閉じこもれるのは、正直ありがたかった。

「……何？」

本当に身の回りのものだけをそっと荷造りしていた千晶は、いつの間にか部屋に入ってきていた美南に声をかけられて、ぎょっとして振り向いた。

真尋はお泊まり保育で、今日は留守にしている。すべてのタイミングが上手くいきすぎていて、もうこれは運命なのかなと、千晶は半ば諦めの境地にいた。

「びっくりさせないで」

「あんた……何やってんの」

美南が震える声で言った。

「家出でも……する気なの……」

「……別に」

千晶は姉に背を向けた。

「ちょっと、片付けていただけ」

「千晶、こっち向きなさい」

つかつかと近づいてきた美南が、千晶の腕をぐいと掴んだ。

「痛い……」

「こっち向きなさい、千晶。あたしに言うことがあるんじゃないの」

真尋がいない部屋。今、この家には二人きりだ。

〝何も言わずに……消えたかったのに〟

千晶は、政治家と結んだ契約について、美南に何も話していなかった。この一週間、何度か話そうと思ったのだが、何かを感じ取っているのか、真尋が千晶の傍を離れず、やはり真尋の前で自分が消えることとは話すことができずに、今日を迎えてしまったのだ。

「……しばらく、留守にするよ」

千晶はようやく言った。

「いつ帰ってこられるかは……わからないんだけど」

「帰ってこられると思ってるの……っ！」

美南が悲鳴のような声を上げる。はっとして見上げると、美南はぼろぼろと涙をこぼしていた。

「今日、たまたま理事長に会ったら……すけべ笑いして言いやがったのよ……っ！　桜庭先生の弟さんのおかげで、薔薇の棟は安泰ですって……。何言ってんのかわからなくて……黙ってたら……でも、Ｗｉｎ‐Ｗｉｎでしょうって……ヒート期のオメガにはセックスが不可欠で……それで弟さんは楽になるし……薔薇の棟も潤うって……何言ってんだ、このすけべ親父《おやじ》って詰めたら、白状したわよ……っ！」

　美南は両手で千晶の肩を掴み、力の限りに揺さぶる。

「あんた……何されるのか、わかってるの……っ！　真尋産む時に……あんなに大変な思いしたのに……っ！　あんた、妊娠契約がどんなものか……わかってるの……！」

「たぶん、お姉ちゃんより正確にわかっていると思う」

　千晶は少し微笑んだ。

「……次に僕が薔薇の棟に行く時は、カウンセラーじゃなくて、患者としてだと思ってる」

　運よく、一度目の妊娠でアルファ性の子供を産むことができても、好きでもない相手にヒートの間中、蹂躙《じゅうりん》されることに、千晶の心は耐えられないと思う。

　よく勘違いされているが、ヒート期のオメガでも、セックスの相手が誰でもいいわけではない。むしろ逆で、ヒート期のオメガに引き寄せられるアルファの方が、相手が誰でもいい……というより、相手を選《え》り好む余裕がない。オメガのフェロモンに引きずられて、セックスをせざるを得ない状態に追い込まれるのだ。オメガの方は、身体は受け入れる状態になるのだが、心がついていかない場合が多く、それがオメガの悲劇でもあるのだ。

「じゃあ……なんでよ……っ！」

美南が泣いている。号泣している。

「なんで……あんたが見も知らないやつに、好き放題されなきゃなんないのよ……っ！」

「……僕よりもっと悲惨な目に遭っているオメガに……薔薇の棟という最後の砦《とりで》を残してあげたい」

千晶はぽつりと言った。

「僕は……幸せだと思う。記憶は残っていないけど……真尋を僕に与えてくれた人を、僕は好きだった。好きな人の子供を産むことができて……今までその子と一緒に過ごすことができて……もう十分だよ」

「何が十分なのよ……っ！」

千晶の肩を強く掴み、美南は叫ぶ。

「何ヒロインぶってんのよ……っ！　何初恋に殉じてんのよ……っ！　バカじゃないの……っ！」

「うん……ごめんね、お姉ちゃん……」

千晶は泣き崩れる美南を抱きしめる。

「僕のわがままだってことは、わかってる。お姉ちゃんには……また迷惑かけちゃうね」

「また……？」

美南が涙でぐしゃぐしゃになった顔を上げた。千晶は美南の涙を指先で拭う。

「……真尋を産んだ時だよ。誰にも祝福されなかった僕に、お姉ちゃんだけが優しかった。お姉ちゃんが真尋をとりあげてくれて、可愛い子だよって言ってくれた時、ものすごく嬉しかったんだ。産んで……よかったって」

「千晶」

美南が手を伸ばした。千晶の素直な髪に触れると、さらさらと撫でる。子供の頃のように、幼い子供にするように、千晶の髪を撫でる。

「……どんな形になってもいい。帰ってくるのよ？　私と真尋は……いつでも、千晶の味方だし、千晶を愛してる。ずっと……待ってるから」

「……うん」

千晶はそっと涙を拭いながら、頷いた。

「うん……お姉ちゃん……」

もう、恋はしない。

千晶はそう決めていた。

哀しい結末に終わってしまった、千晶の淡い初恋。

その人の顔も声も覚えていない。覚えているのは、その人がくれたぬくもりと優しさ。

もう、あんなに幸せな時間は訪れない。

初恋に殉じる……美南の言葉は正鵠《せいこく》を射ている。

たった一度の恋を永遠にするために、千晶はこの身を投げ出す。

僕は……もう誰も愛さない。

すべてを封印して……僕は僕を破壊する。


アイボリーホワイトのレースのカーテンがかかる窓を、千晶はぼんやりと眺めていた。

カウンセリング室の窓は、千晶のこだわりで、白い木枠の外開きだ。それを両手で、外に向かって開くのが、千晶は好きだった。

「……ここ、寒くないですか」

ふいに聞こえたよく響く声に、千晶ははっとして振り向いた。

「すみません。驚かせてしまいましたね」

今日を最後に、千晶はしばらく休暇を取ることになっていた。表向きは『体調を崩して』ということになっているが、本当の理由は、ある政治家との間に結んだ『妊娠契約』だ。もうすぐヒート期に入る千晶は、妊娠の確率を上げるために、抑制剤の服用をやめ、政治家が用意したマンションで、ヒートを待つ。

「……月本先生」

「ノックはしたのですが」

今日はカウンセリングの予約は入れていなかった。残務整理のための出勤だった。

今までのカウンセリングの記録を整理しながら、ふとぼんやりとしていたところに、すうっと入ってきたのは、整形外科の月本だった。

「あ……ちょっとぼんやりしていて」

千晶は困ったように身を縮めた。

抑制剤を服用していないため、おそらく千晶のフェロモンである薔薇の香りがしているはずだった。ヒート期のような強烈な香りではないだろうが、ベータでも敏感な者ならわかるらしい。しかし、月本は平気らしく、つかつかと入ってくる。

「あの……何か」

「しばらく休暇に入られるとうかがったので」

月本はそう言うと、パソコンを前にしている千晶のすぐ傍に立った。思わずうつむいた千晶を、彼はじっと見下ろしている。

「……あの……っ」

沈黙に耐えかねて、千晶はうつむいたまま、椅子から立ち上がった。閉めきっていた窓を少し開ける。ひんやりとした晩秋の風がすうっと吹き込んでくる。ひらりと翻るレースのカーテンを見つめ、千晶は月本に背を向けたまま、窓に手をかけて立ち尽くしていた。

「嫌な話を聞いた」

月本が唐突に言った。

「……はい？」

千晶はゆっくりと振り返る。さらさらと揺れる素直な髪。黒目がちの大きな瞳が、月本を見た。

〝え……？〟

月本の凜々しい顔に浮かんでいるのは、怒りの表情だった。彼は激しい怒りを抑えかねて、険しい表情をしていた。口元がぎゅっとゆがんでいる。

「月本先生……」

怒りのためなのか、いつもより淡く……半ば金色に見える栗色の瞳。

「この病院が、桜庭先生を……君を人身御供に差し出す……というのは本当か？」

初めて聞く、彼の切り口上。いつも優しく穏やかな言葉遣いだった彼が、吐き捨てるような冷たい言葉遣いをしている。

「いったい何の……」

言いかけて、千晶ははっとする。

人身御供。

古い言葉だが、確かに千晶の置かれた立場にぴったりの言葉だ。思わず絶句した千晶に、月本は重ねて言った。

「俺の大学時代の知り合いに、アルファの政治家がいる」

彼の低い声に、そっけない言葉遣いは似合うと思った。もしかしたら、これが彼の本来の姿なのだろうか。

「昨日、飲みに行ったバーで会ったそいつが、気味の悪いことを言っていた」

「気味の悪いこと……？」

「そいつの悪友……同じ政治家の二世として親しくしているやつが、とびきり上玉のオメガと妊娠契約を結んで、子供を産ませる……そのオメガがアルファの子供を妊娠するまで、ヒートで淫乱になった美人のオメガとセックス三昧《ざんまい》……うらやましいと」

耳を塞《ふさ》ぎたい。

「おまえもそのオメガを知っているはずだと言われた。おまえが勤めている病院にいる……オメガのカウンセラーだと聞いた」

千晶は思わずカーテンを摑んでいた。

知られたくなかった。この人には知られたくなかった。優しく清潔な瞳をした、この人にだけは。

「この薔薇の棟に多大な寄付をすることで、君を……買ったのだと」

「……月本先生」

千晶は窓の外を見つめたままで言った。カーテンを摑む指に力がこもる。

「……買ってもらえるだけ、まだましです。僕は……拉致《らち》監禁されて、子作りを強要され、逃げ出してきたオメガの話も聞いてきました。それに比べれば、双方の了解の上に成り立つ関係の方が、かなりましです。事実、そういった関係を結んだ人たちの方が、精神的な負担も少ないし、カウンセリングも楽です」

言葉にすると、少し信じられる。自分で自分を騙す。千晶は振り向いた。口元だけではあったが、少し引きつってはいるものの、笑みも浮かべられた。

「ベータである先生には、理解しがたいことと思いますが、アルファとオメガの間では、ない話ではないんです。僕は……納得して、この契約を……結びました。これはビジネスなんです」

「桜庭先生……」

「……仕事が終わったら、また戻ってきます。……どのくらいかかるかはわかりませんが」

気丈に言葉を紡ぐ千晶に、月本はきっと唇を引き結んだ。

「戻ってくるとは……カウンセラーとしてか？」

理知に長《た》けた人は、やはり鋭かった。

「ない話ではなくても、そういう扱いを受けた人たちがここにたくさん来るということは、それが……オメガにとって、異常な状態であるということではないのか？」

「……」

ぴしりと指摘されて、千晶は言葉をなくす。

その通りだ。いくら言葉を飾ろうが、対価を受け取ろうが、ヒートという身体的負担の大きい状態の中で、愛のない、優しさのないセックスを繰り返すことは、オメガにとって大きすぎるリスクなのだ。

「アルファだから……なんだというんだ」

千晶から視線を外して、月本は苦々しく吐き捨てる。

「アルファの血がなんだというんだ。たまたま稀少《きしょう》なバース性に生まれただけだ。何が偉いというんだ。アルファは、人を踏みつけにするための免罪符じゃない……っ」

いつも知的で冷静な月本らしくもない、荒々しい言葉だった。

「そんなことで……君を犠牲にするのか……？　君を犠牲にしても……アルファはこの世に生み出されなければならないものなのか？」

「……月本先生」

千晶は窓辺に寄りかかる。強い抑制剤を飲んでいないので、ふらつきはないが、ヒートが近いせいか、身体が熱い。少しだけ開けた窓から吹き込む冷たい風で、そっとこめかみを冷やす。

「アルファは……やはり、この社会には必要不可欠なものなんです」

千晶は柔らかい声で言った。

騙す。自分を騙す。底知れない恐怖に怯える自分を騙す。

「実際、この社会を支配しているのはアルファです。彼らの存在がなければ、この社会は立ちゆかない。彼らありきで、この社会は回っています」

「だからといって、君がその社会の奴隷になる必要はないだろう……っ」

懇願するように、月本は強い言葉を使う。

「どうして……君なんだ……っ！」

「それは」

千晶は微笑む。透き通る……その存在までもはかなく消えてしまいそうな透明な微笑み。

「僕がオメガだからです」

生まれ落ちた時から、背負わされる過酷な運命。

「強制的に身体が性行為の相手を求めるヒートがある。男女ともに妊娠できる身体構造を持って生まれる。そして、僕のようなオメガ男性はアルファ性を妊娠しやすい。すべて……あなたの言う奴隷になるために、神によって作られた存在なんです」

静かに語られる壮絶な事実。月本は言葉をなくして、ただその場に立ち尽くす。千晶は握りしめていたカーテンを放すと、月本に向き直った。まるで、この瞳に刻みつけようとするかのように、彼を見つめる。ただ一途《いちず》に。

「そんなことは……たとえ神でも……許されない」

月本の両手が握りしめられている。小さく震えて。彼はなぜか、とても傷ついたような顔をしていた。色を失った唇を噛みしめて、瞼を伏せる。

「そんなことは……許されてはいけないいんだ……っ」

「でも、許されているんです」

千晶は優しい声で言った。

「社会的にも、法的にも」

「……っ」

月本がはっとしたように顔を上げ、そして、いたたまれないように、千晶から視線をそらした。

通称『オメガ特例』と呼ばれる、特殊な判例がある。それは、抑制剤でコントロールしていないオメガに対する性的暴行に関するものだ。抑制剤を使っていないオメガは、微量ではあるものの常にフェロモンを発散している。そんなオメガが性的な暴行を受けて、ケガをさせられたり、場合によっては殺害されてしまっても、加害者は罪に問われない。それが『オメガ特例』である。

フェロモンを発散しているオメガは、何をされても仕方がない。それは、千晶も経験している。通っていた予備校の自習室でレイプされても、責めを負ったのは、暴行を受けた千晶だった。あの時の講師たちの冷たい対応は、今も千晶たちの心に傷として残っている。

「心配してくださって、ありがとうございます」

千晶は小首を傾《かし》げた。さらりと素直な髪が白い額を滑り、黒目がちの大きな瞳が、月本を見つめる。

「僕は……大丈夫ですから」

自分の心に刻みつけるように、千晶は繰り返す。

「大丈夫……ですから」

「桜庭先生……」

見間違いでなければ、月本の栗色の瞳が潤んでいた。

「……一つだけ」

「はい」

もう純粋な気持ちで、この人に会うことはない。それはこの人もわかっている。二人の間にあった淡い交流。瞳を見交わすだけの、言葉にならない淡い交流は、今日が最後だ。

「千晶と……呼んでいいか」

「え……」

「一度だけ……そう呼ばせてほしい」

月本が懇願する。

「真尋くんがそう呼ぶのが……君が優しく頷くのが……とても好きだった」

いつも落ち着いて、低く響く声が、初めて恋の告白をする少年のように震えている。

「一度だけ……君をそう呼びたい」

「はい……」

千晶は微笑んで頷いた。

愛して止《や》まない、この小さなカウンセリング室の最後で、最高の思い出になる。

「……千晶」

彼の低く甘い声が千晶の名前を呼ぶ。

「……はい」

千晶は長い睫毛を伏せて頷いた。

「はい……月本先生……」

「……ありがとう」

月本の手が千晶の頰に触れようとして、そして、すっと動きを止めた。小さく震える指を握りしめて、月本は顔をそらす。

「……ありがとう……」

ACT　7

「金に飽かせた……って、こういうことをいうんだね」

千晶のために用意されたマンションは、恐ろしく豪華だった。部屋数が多く、その一つ一つが広い。千晶の住んでいるマンションは3LDKだが、このマンションは、部屋を数えてみたら7LDKだった。バスルームとベッドルームは二つずつで、ダイニングキッチンも、びっくりするくらい広い。何気なく開けたベッドルームには、クイーンサイズのベッドがあって、思わず吐きそうになった。

あのベッドで、千晶は見たこともない男に抱かれる。ヒートが始まったら、あのベッドルームにほぼ監禁状態で、相手がその気になった時に犯される。拒否することはできない。

契約書に恐ろしい条項があった。

『ヒート中は、着衣はしないこと。常に性交が可能なように、脱衣していること』

ヒートに入ったら、服を着ることは許されず、このマンション内のどこでも、相手がその気になった時に襲われる。

改めて、自分がどんな状況に置かれているのかを、目の前に突きつけられて、千晶は立ち尽くしてしまう。

「……何かしよう」

ぱたんとベッドルームのドアを閉じて、千晶はため息をついた。

ヒートが来るまで、予定ではあと数日ある。契約相手からは、ヒートが来たら連絡を入れるように言われている。逆に言えば、それまでは用なしということだ。

少し身体が熱いくらいで、まだ本格的なヒートの兆候はない。

抑制剤の服用はやめていた。抑制剤の効きが悪かった頃、ひどいヒートを幾度か経験している。性衝動がおさまらず、自分で慰め続けたが、どうにもならない。あまりのつらさに泣き叫び、シーツを引き裂いて暴れる千晶を抑えるために、美南は自分も泣きながら、千晶を手錠で拘束したこともあった。

抑制剤を使わないヒートは、いったいどういうものなのだろう。自分はどうなってしまうのだろう。考えれば考えるほど怖い。

「……料理でもしようかな……」

考えても仕方がない。千晶は自分で選んだのだから。

豪華なキッチンは千晶が憧《あこが》れていたアイランド式で、こんな状況でもなければ、大喜びであちこち開けたり、眺めたりするところだが、そんな気力もない。それでも、何かしていないと、気分が塞ぎそうだ。

「何作ろうかな……」

誰も食べてくれない料理だ。でも、誰かが食べてくれるのを想像することはできる。

冷蔵庫にも、パントリーにも食材が入っていた。ざっと眺めて、千晶はつぶやいた。

「……アップルパイ……」

冷蔵庫に入っていた赤いりんご。いつも千晶が使っている紅玉ではないが、レモンで酸味は補える。卵も小麦粉もバターもある。

「アップルパイ……焼こう……」


千晶のアップルパイは、折りパイにりんごのフィリングとカスタードクリームを入れるものだ。強力粉と薄力粉、バターを使って生地を作り、生地の間にバターを挟み込んでは折って伸ばし、向きを変えて、またバターを挟んで折って伸ばすことを繰り返す。

単純作業を繰り返していると、なんだか気が紛れた。

「りんご、ちょっと甘すぎるかな……」

いつもアップルパイを作る時には、酸味の強い紅玉を使っている。というよりも、紅玉が手に入った時に、アップルパイを作るのだ。千晶のアップルパイだと、カスタードクリームを入れるので、パイフィリングは酸味を残した形で作る。しかし、今日のりんごは生食用の甘いりんごだ。レモンもあったので、それで酸味を補うつもりだが、美味しくできるだろうか。

いつもなら、千晶の手元を嬉しそうに覗き込んでくる真尋もいない。誰も食べてくれないアップルパイ。でも、アップルパイには幸せの記憶がある。

「あのアップルパイは、シナモンが利いていたよね……」

月本と食べたカフェのアップルパイは、りんごがサクサクしていて、シナモンが利いていて、美味しかった。大きく切ったアメリカンサイズのパイ。いい香りのしたフルーツティー。

「……楽しかった……」

初めて、オープンエアーのカフェに行った。涼しい風とまぶしい木漏れ日。はしゃぐ真尋の可愛い笑顔。月本のよく響く声と優しい瞳。明るい光の下で笑い合うことが、あんなに楽しく、幸せだなんて知らなかった。

美南との暮らしも楽しかったが、美南に対しては、どうしても後ろめたい気持ちが千晶にはある。千晶がいるばかりに、美南は実家と縁を切らざるを得なかった。

ベータの男性にとって、オメガ男性の妊娠、出産は理解の外だ。高校生の身で性的な暴行を受け、妊娠してしまった千晶を、家族は嫌悪した。千晶にはなんの非もなかったのに、オメガであるがゆえに起きてしまった悲劇を、家族は理解しようとしなかったのだ。

真尋を出産し、病院から退院しようとした時、家族は千晶と真尋の引き取りを拒否した。『気味が悪い』。そう言い放った両親を美南は許せず、千晶と生まれたばかりの真尋を連れて、実家と絶縁したのだ。あれから六年。美南は一度も実家に帰っておらず、千晶の知る限り、連絡すら取っていないし、実家からも連絡が来ることはない。

「……月本先生……」

美南と真尋との暮らしは、穏やかではあったが、いつもどこかに小さな棘《とげ》が潜んでいた。千晶が感じている後ろめたさと、美南の中にある千晶に対する哀れみ。そんなものが小さな棘になっていて、ちょっとした瞬間にちくりと刺さってしまうことがある。

しかし、月本との思い出には、そんな棘が一つもなかった。なぜか、彼との数少ない思い出は、いつも光とともにある。彼はいつも明るい光の下にいて、そして、なぜか千晶をいつもまぶしそうに見つめていた。

「あなたの方が……まぶしいのに……」

りんごの皮を剝《む》き、サクサクと切りながら、千晶はつぶやく。その唇は微笑みの形だ。最後に会った時、彼は『千晶』と呼んでくれた。甘く低い声で、千晶の名前を呼んでくれた。

可愛い色合いのホーロー鍋にバターを入れ、軽く焦がしたところに、りんごとグラニュー糖を加えて、軽く炒《いた》める。いい匂いがして、水分が飛んだところに少し多めにレモン汁を入れ、みじん切りの皮を最後に入れると、フィリングが淡いピンク色になった。

「……うん、美味しい……」

フィリングを少し摘《つ》まんで、千晶は頷いた。酸味が上手く補われていて、いつもと同じ味にできた。

パイ皮とフィリングができたところで、オーブンをあたためながら、カスタードクリームを作る。ボウルに卵の黄身とグラニュー糖を入れて、白っぽくなるまでホイッパーで混ぜ、そこに小麦粉を加える。鍋には、牛乳を入れて軽くあたためる。自宅で作る時には、ここにバニラビーンズを入れるのだが、さすがにそれはない。あたたまった牛乳をボウルに入れて混ぜた後、鍋に戻して、もったりとしてくるまで、ホイッパーで混ぜながら軽く火を入れると、カスタードクリームができた。いつも作るものよりも、バニラの香りをつけていない分だけ、卵の匂いがする。これはこれで美味しそうだ。

「型がないなぁ……」

パイ型がない。少し考えてから、パイ皮を長方形にして、カスタードクリームとりんごのフィリングをのせ、切り込みを入れたパイ皮を少し伸ばしながらかぶせた。

「うん、これでいいかな」

つや出しの卵を塗り、あたたまったオーブンに入れる。二十分ほど焼けば完成だ。

千晶はお湯を沸かすと紅茶をいれ、オーブンを眺められるところに椅子を持ってきて、座った。

「あのフルーツティー、美味しかったな……」

たっぷりと贅沢《ぜいたく》にフルーツをガラスのポットに詰め込んだフルーツティー。ものすごくいい香りがして、砂糖を入れなくても、本当に甘くて美味しかった。

重いポットを軽々と持ち上げて、彼は千晶のカップに紅茶を注いでくれた。

彼の笑顔しか覚えていないことが嬉しかった。最後に会った時の彼は、涙を浮かべて、とてもつらそうだった記憶はあるけれど、千晶も涙ぐんでいたせいか、視界が曖昧《あいまい》で、彼の最後の表情がよくわからない。

「あなたには……笑顔でいてほしい……」

優しい人。ハンサムでかっこよくて……そして、とても優しい人。

あなたに会えてよかった。あなたと過ごしたほんのわずかな時間、僕はとても幸せだった。あなたと会っている時だけ、僕は自分のバース性を感じずに済んだ。あなたの瞳を見つめている時だけ、僕は自分がオメガであることを忘れることができた。

香ばしい香りがし始めていた。

もうじき、美味しいアップルパイが焼き上がる。

インターホンが鳴った。

「……?」

オーブンを開けようとしていた千晶は、いぶかしげにインターホンを振り返る。

この音は、確か玄関のドアについているものだ。

「……連絡してないのに……」

この部屋の存在を知っているのは、千晶の相手である御曹司と依頼主の秘書だけだ。

「……」

ため息が洩《も》れる。背中がすっと寒くなる。

ヒート前のオメガの味見でもしようというのか。

アップルパイを取り出すことをやめて、千晶はインターホンに向かった。

「はい……」

応答ボタンを押すと、画面が生き返った。そこに訪ねてきた人の顔を見て、千晶は目を見開く。

「うそ……っ」

千晶は玄関に向かって走っていく。震える指でロックを外し、ドアガードを外す。大きくドアを開くと、そこにはいつもよりも哀しい目をした、優しい人が立っていた。

「……月本先生……っ!」

　サクリといい音を立てて、千晶はアップルパイにナイフを入れた。パイ型がないので、パウンドケーキのような形に作ったアップルパイ。大きめに切り分けて、白いお皿にのせる。

「いい匂いがする」

　千晶の肩が震えた。

　今の千晶はヒート前で、抑制剤も飲んでいない。たぶん、薔薇の香りのするフェロモンが匂い始めているはずだ。

「アップルパイ、本当に作れるんだな」

　月本の言葉遣いは、ラフなものだった。ざっくりとしたセーターにジーンズというラフな私服が、すっきりとした長身によく似合う。

「……紅茶でいいですか？」

「うん」

　紅茶のティーバッグはあったが、ポットは見当たらなかったので、コーヒーメーカーのサーバーを外して、ティーバッグを入れて沸き立てのお湯を注ぎ、小皿で蓋《ふた》をする。

「贅沢な部屋だな」

月本が言った。この部屋はマンションの角部屋で、ベランダも二面にある。窓も多く、レースのカーテン越しでも光が溢《あふ》れていて、とても明るい。

「……そうですね」

千晶は小さく頷いた。

「アップルパイ、食べてみてください。あり合わせで作ったので……美味しくできたかどうかは自信ないんですけど」

「美味しそうだ」

月本はフォークを手に取ると、サクリとパイを一口切って、口に入れる。千晶はすっと背を向けると、小皿を外して、サーバーからカップに紅茶を注いだ。

「……うん、確かに美味しいな」

月本が満足そうに頷いた。

「これ、全部君が作ったのか？　パイとりんごとクリーム。全部？」

「……ええ」

千晶は頷いた。

ちらりと見た月本は、いつもと変わらない。ヒート前とはいえ、抑制剤を服用していない千晶からは、かなり強い薔薇の香りがしているはずだ。それでも、彼は眉《まゆ》ひとつ動かしていない。

〝やっぱり、アルファじゃないんだ……〟

千晶がヒートが始まったと言わなければ、契約の相手は来ない。この部屋を訪れるものはいないはずだ。

〝アルファじゃないなら……大丈夫だよね……〟

彼にもう一度会えたことが嬉しかった。彼の栗色の瞳にもう一度出会えたことが嬉しかった。

紅茶を一杯飲むくらいは許されるだろう。紅茶を一杯だけ一緒に飲んで、それで終わりにしよう。これは……きっと僕に与えられた最後のプレゼントだ。

「どうやって……ここを知ったんですか？」

千晶は、自分の分の紅茶も注いで、テーブルについた。

「ここは、契約した相手しか知らないはずなのに、どうして……」

「……君を守るために……来た」

月本は苦い口調で言った。

「君と契約した相手は最低の男だ。ここを……自分の仲間に知らせていた」

「え……？」

「ヒート真っ最中のオメガとセックスできる……そう言って」

千晶は一瞬何を言われたかわからなかった。

「えと……」

「君を……パーティの道具にしようとしていた。アルファの仲間を集めて、パーティの遊び道具に」

くらりとめまいがした。

確かに、あの契約書の中には、契約した相手としかセックスをしてはいけないとは書いていなかった。明言されていたのは『セックスを拒否してはいけない』という、その一言だ。不特定多数とのセックスでも……拒否できないのだ。

「ここを出よう」

月本は言った。

「君がヒートが始まったと言ったら、奴らはここに集まって、君を……ひどい目に遭わせる。そうなる前に、ここから逃げるんだ」

「……アップルパイ……」

千晶は目を伏せたまま言った。

「え？」

月本が何を言われたのかわからないといった顔で、千晶を見つめる。千晶はひっそりと微笑んだ。

「アップルパイ、全部食べてからにしましょう」

「千晶……」

「……食べてもらえるとは思わずに作ったんですけど、あなたに食べてもらえて、すごく嬉しい。よかったら……全部食べてください」

月本はなんともいえない表情をしていた。

「君は……」

笑っていいのか、泣いていいのかわからない……そんな表情。瞳は哀しげに潤んでいるのに、口元は微笑んでいる。

「どうして……そんなに可愛いことを言うんだろう……」

「え……？」

月本はフォークを再び手に取った。サクリとパイを切って、こぼれたりんごのフィリングと一緒にして口に入れる。

「……すごく美味しいよ。クリームは甘いけど、りんごがちょっと酸っぱくて、それがぴったり合ってる」

「本当はもっと酸味のあるりんごを使うんですけど、ここにあったのは甘いりんごだったので、レモンで酸味を加えています。カスタードクリームはバニラビーンズがなかったので、卵の匂いが強いですけど、大丈夫ですか？」

千晶は自分もパイを食べながら言った。

「うん、美味しいよ。カフェで食べたのより、ずっと美味しい。パイもサクサクしてる。香ばしくて美味しい」

「よかった……」

千晶は本当に嬉しそうに微笑んだ。

「あなたに食べてほしかったから……」

「真尋くんの言う通りだな」

月本が言った。

「アップルパイ以外も食べてみたいな、君の料理」

「真尋……」

ふいに聞いた真尋の名前に、千晶の肩が揺れる。

可愛い真尋。もう三日、真尋に会っていない。

泣いていないだろうか。美南を困らせていないだろうか。

大切な真尋。大切な……初恋の忘れ形見。

「真尋……」

会いたい。真尋。もう一度会いたい。

「千晶……」

ぽとりと涙がひとしずくこぼれた。高価なレースのテーブルクロスに、千晶の涙が落ちる。

「……ごめんなさい」

千晶は慌てて涙を拭った。

「なんか……ホームシックみたい」

ふと月本が手を伸ばした。長い指が千晶の涙をそっと受け止める。滑らかな指先が千晶の頬に触れる。指先に止まるひとしずくの涙。透き通るしずくを、彼はそっと口元に運んだ。唇が千晶の涙に触れる。

「……っ」

それは突然に訪れた。

体温が一気に上がる。一瞬にして身体が火照《ほて》り、頭がかっと熱くなる。

胸を破りそうな激しい鼓動。指先が震え、そして。

〝うそ……っ〟

腰がずんと重くなり、お腹の奥がじんわりと熱くなっていく。

耳たぶが熱い。首筋に汗が伝わる。そして。

「……薔薇の香りがする……」

彼がつぶやいた。千晶を見つめる瞳。

「千晶……」

「……帰って……っ！」

千晶は叫んでいた。反射的に椅子を蹴り、彼から離れる。

「帰って……ください……っ！」

唐突に始まったヒートだった。

おそらく抑制剤を服用していないせいだろう。まだ始まるのに数日はあるはずのヒートが突然に始まったのだ。しかも、いつもより激しい。

体温の急な上昇でふらつく。肌が熱くて、服を着ているのがつらい。今すぐに脱ぎ捨ててしまいたい。今にも座り込んでしまいそうなほど、身体が高まっている。下着が濡れているのが、自分でもわかるくらいだ。

「お願い……帰って……っ！」

月本がゆっくりと立ち上がった。

「近づかないで……っ！」

千晶は絶叫する。

「傍に来ないでっ！」

むせかえるような薔薇の香り。あまりにその香りが濃厚なので、千晶自身にも、自分がフェロモンを発散しているのがわかる。

「来ないでっ！」

叫ぶ千晶に、月本が近づく。

「触らな……っ！」

「帰らない」

抱きしめられた。きつく。息が止まりそうなほどきつく。

「お願い……帰って……」

千晶が涙声で懇願する。

もうぎりぎりだった。たぶん、この身体の高まりは彼にも伝わってしまっている。清楚《せいそ》で穏やかな桜庭千晶はもういなくなる。激しい性衝動に支配される自分がどうなってしまうのか、千晶にはわからない。何を叫び、どう身体が反応するのかわからない。

「……後悔したくない」

泣き出してしまった千晶を抱きしめて、月本はささやいた。

「後悔したくないから……俺はここに来た」

「……お願いだから……離して……」

身体は疼《うず》き始めている。服の上からもわかるくらい、身体の興奮は高まっている。

「お願い……出ていって……っ」

ふいに抱き上げられて、千晶は悲鳴を上げた。軽々と千晶を抱き上げて、彼は足早にキッチンを出る。そして、一つの部屋のドアを開けた。

「……ここか」

彼のつぶやきが聞こえた。そして、ドアが大きく引き開けられる。

「……っ」

ふわっと下ろされたのは、柔らかいベッドの上だった。

しかし、あのぞっとするようなクイーンサイズのベッドではない。セミダブルくらいのベッドは、今朝まで千晶が使っていたものだ。あの部屋のように、高価なシルクのシーツとブランケットはないが、清潔なコットンの肌触りが優しいシーツが、そっと千晶の身体を受け止めてくれる。千晶が自宅から持ち込んだお気に入りのものだ。

「……どうして」

千晶はぽろぽろと涙をこぼしていた。

「どうして……っ」

月本の手が優しく千晶の頬を撫でる。その感触だけで、千晶の身体はさらに高ぶり、今にもいってしまいそうになる。

「……二度と……後悔したくないんだ」

彼の声が少し遠くなる。聴覚ももう危うくなっている。彼の手が、千晶のシャツのボタンを一つずつ外していく。シャツの前を開かれると、ツンと固く尖《とが》った乳首が露《あら》わになった。淡い桜色に上気した肌に、ふっくらと大きくなった鴇色《ときいろ》の乳首が浮かび上がり、彼が

こくりと喉を鳴らすのがわかった。フロントがきつくなってしまったパンツと下着を脱がされ、そっと裸のお尻《しり》をひんやりとしたシーツの上に下ろされると、熱いため息が洩れてしまった。息が荒い。敏感になっている素肌に、目の詰まったすべすべのコットンが優しい。

ぼんやりとした視界の片隅。フローリングの床に脱ぎ捨てられていくのは、彼の着ていたざっくりとしたセーターとジーンズ。

「……っ」

彼の素肌に抱きしめられる。滑らかであたたかい素肌。

「千晶……っ」

ネックガードだけをつけた裸の千晶を、彼が抱きしめてくれる。彼もまた高ぶっている。熱くなった彼のものが、すでにとろとろと蜜《みつ》を溢れさせている千晶のものにぎゅっと押しつけられ、さらにその力を増していく。その力強く、性急な変化を感じて、千晶の唇からこらえきれない声が洩れた。

「あ、ああ……っ！」

喉を反らせて、両足を大きく開く。無理やりに広げられなくても、自分から身体を開いて、受け入れる姿勢を取る。セックスの手順がわかっているわけではなく、その方が物理的に楽だからだ。熱を持ち、中から溢れ出すもので濡れてしまうところを露わにした方が、少しでも身体の中に疼く熱を下げることができる。幾度かヒートを経験すると、身体の方がそのすべを覚えてしまい、それはイコール相手を受け入れるための姿勢でもある。

「千晶……」

「あ……ああ……ん……っ」

彼の指を感じる。とろとろに濡れているところを彼の長い指が幾度も撫でて、そのしずくで、すでに柔らかくなっている蕾をさらに濡らし、ほころぶ花びらを開く。

「あ、ああ……ああ……ん……」

息を吸い込むたびに、甘ったるい声が洩れる。

「ああ……早……く……早く……」

甘くかすれた声。薔薇の香りが誘う。覆い被《かぶ》さる彼の背中を撫でさする指先の妖《あや》しさ。

清楚な千晶の中にあった魔性が匂い立つ。

「早く……入れ……て……」

シーツまで滴る熱いしずく。大きく開いた太股《ふともも》を濡らして、千晶が小さなお尻を高く持ち上げた。

「早く……早く……来てぇ……っ」

彼の唇が千晶の乳首に触れる。

「あ……ああ……ん……っ！」

胸を突き上げて、千晶が高く喘《あえ》ぐ。コリコリに固くなっている鴇色の乳首を、彼の清潔な白い歯が噛んだ。乳首を噛んで、敏感な乳頭を舌先で舐《な》める。

「ああ……い、いい……もっと……もっと……噛ん……で……っ！　もっと……強く……噛んで……っ」

「千晶……千晶……っ」

彼の吐息が胸に触れる。それだけで身体が潤う。細い腰がひくつき、熱い吐息がこぼれる。

「もっと……して……もっと……っ」

「千晶……可愛い……千晶……っ」

ぷくりとふくらんだ乳首を指先で強く揉みしだかれ、乳頭に爪《つめ》を立てられて、千晶は泣き声を上げた。

「ああ……入れ……て……お願い……入れて……っ」

泣いてねだる千晶のお尻を彼の両手がぐいと持ち上げた。腰だけがシーツから浮き上がって、ベッドに膝立ちになった彼の下半身に引きつけられる。両足を大きく開いて、千晶は彼の身体を引き寄せる。

「あ、ああ……ん……っ！」

燃えるように熱く高ぶった彼のものが、千晶の熱を持った花びらに押しつけられた。とろとろに濡れたそこは、信じられないくらい大きくなったものをぐうっと飲み込む。

「あぁん……っ！」

甲高い叫び声。しなやかに細い身体がしなる。

「ああ……ん……っ！　あ、あ、あ……っ！」

「千晶……」

千晶の体内に深く食《は》まれた瞬間、彼が低く叫んだ。

「千晶……っ！」

「あ、あ、ああ……っ！　あん……っ！　あん……っ！　ああ……ん……っ！」

激しく揺さぶられて、千晶が声を振り絞る。

「い、いい……っ！　ああ……気持ち……いい……っ！　もっと……もっと……っ！」

ベッドが軋《きし》む。彼の身体が荒々しく、細く頼りない千晶の身体を貪《むさぼ》る。

「ああ……熱くて……きつ……い……。千晶……千晶……っ」

「もっと……奥まで……来て……っ！　もっと……ああ……そこ……っ」

深く突かれて、千晶が大きく仰《の》け反《ぞ》り、叫び声を上げる。

「そこぉ……っ！　いい……ああ……いい……あ、あ、あ……っ！」

彼の背中に爪を立て、快感に泣きながら、激しく腰を上下させる。

「ああ……っ！　すご……い……すごく……強い……の……すごい……っ」

本能だけの存在と化した千晶は、あられもない叫び声を上げ、快感だけを求めて、腰を揺すり、大きく仰け反る。

「ああ……気持ち……いい……っ！　もっと……突いて……ああ……もっと……っ」

「千晶……いいよ……千晶……」

「ほしい……ほしい……の……」

深々と貫かれ、さらに激しく突き上げられながら、千晶は泣き声を上げる。

「いっぱい……ほしい……いっぱい……入れ……てぇ……っ」

こんなにしずくを洩らしているのに、彼に突かれているところは、熱く渇いている。そこを濡らしてほしい。熱い迸《ほとばし》りでたっぷりと濡らしてほしい。

「いっぱい……ちょうだい……いっぱい……」

何かに取り憑《つ》かれたように、千晶は泣き声でねだる。

「奥に……いっぱい入れ……て……っ」

彼が高く千晶の腰を抱き上げる。背中の真ん中あたりまで、千晶の身体はシーツから抱き上げられた。ほとんど真上に近いところから深々と突き刺して、彼が千晶の細い腰を、白い肌に痕《あと》がつきそうなほどきつく摑んだ。

「千晶……っ！」

自分を熱っぽく激しく揺さぶる人の瞳を、千晶は熱に浮かされたまま見つめる。

〝ああ……やっぱりそうなのか……〟

銀色の瞳がそこにあった。ぎらぎらと異様に輝く……銀色の瞳。

「ああ……っ！」

叫び声が重なる。千晶の花びらから熱い迸りが溢れ出す。ぴったりと重なった二人の素肌を伝って、シーツにぽたぽたと滴り落ちるしずく。

幾度か深い息を吐いて、二人の身体の動きが止まる。

「……っ」

しかし、次の瞬間、一度楔《くさび》を外した二人は、再びお互いの身体を求め合っていた。

「あああ……っ！」

四つん這《ば》いになり、大きく足を開いた千晶を、彼が背後から攻める。

「あ、ああ……ん……っ！」

もうどこまでが自分で、どこからが彼なのかわからない。

時間も場所も何もかもわからなくなる。

何もわからない。何もわからなくなる。

ただここにあるのは……求め合う二つの熱い身体だった。

ACT 8

唇に触れるやわらかな感触。そして、すうっと喉を通っていく冷たい感覚。

「ん……」

千晶はうっとりと目を開けた。ゆっくりと視界が晴れて、そして、一番最初に見たのは、自分を覗き込む優しい栗色の瞳だった。

「……あ……」

「気がついたか……？」

柔らかな低い声。千晶はこくりと頷いた。

「気分は？　悪くないか？」

「……少し……頭が痛いけど……大丈夫……」

ふと気づくと、千晶は月本の腕の中にいた。彼の腕枕《うでまくら》で、ぐっすりと眠っていたのだ。

「今……何時？」

「何時かなぁ。時計なんかないしな」

月本はあっさりと答えて、微《かす》かに笑った。

「……少しは落ち着いたか？」

髪をさらさらと撫でられて、千晶は再び小さく頷いた。

彼とどれくらい愛し合ったのだろう。途中で何度か意識が飛んでしまい、何度身体を繋いだのかは覚えていなかった。しかし、意識が戻るたびに、彼は千晶を愛してくれていて、その熱い肌と情熱的なセックスに、千晶はすべてを忘れて溺《おぼ》れたのだった。

オメガのヒートを楽にする方法はいくつかあるが、最も効果的なのは、セックスで体内に精液を注入してもらうことだ。一度のセックスでもいくらか楽になるが、身体が保つ限り、何度も注いでもらえば、それだけヒートがおさまるのは早くなる。

「抑制剤も飲ませたから……かなり楽になると思う」

「……ありがとう」

千晶は小さな声で言った。

彼の前で、突然ヒートに入ってしまった。正直、自分が何を言い、何を求め、何をしたのか、ほとんど覚えていない。それは、初めてのヒートでセックスした時とまったく同じだ。しかし、一つだけ違うことがある。

〝あの時は……目覚めた時、僕は一人だった〟

意識を取り戻した時、千晶が最初に見たのは、病院の白い天井だった。傍にいてくれたのは姉の美南で、愛した人はどこにもいなくて、そして、誰かもわからなかった。

しかし、今は違う。深い海の底から浮かび上がって目覚めた時、千晶は彼の腕に抱かれていた。優しい栗色の瞳で見つめられながら、幸せに目覚めることができた。

「……聞くのを忘れていましたが……」

千晶は小さく咳《せ》き込んでから言った。よほど声を上げていたらしく、喉が嗄《か》れている。

「ここは……セキュリティが厳しいと聞いています。どうやって入ってきたんですか？」

「買収」

月本は間髪入れずに答えた。

「ここの持ち主から、セキュリティ解除のパスワードを聞いたやつを買収した」

「あ……」

そういえば、千晶と妊娠契約を結んだ政治家の御曹司は、千晶を集団でレイプする恐ろしいパーティを計画していたらしい。その参加者を月本は買収したのだ。

「……あの」

千晶はしばらくもそもそとベッドの中で自分の居場所を探していたが、結局、月本の腕の中が一番落ち着くことに気づいて、深いため息をつくと、再び彼の腕にもたれた。

「どうして……ここの持ち主をあなたは……知っていたんですか？」

「……」

少しの間、月本は無言だった。黙って千晶を抱きしめ、愛おしそうに素直な髪に頬を埋《うず》めていたが、やがて、重い口を開いた。

「俺は……千晶に謝らなきゃならない。いや……謝っても謝りきれない」

「え……？」

「俺は……月本智也じゃない。俺の本当の名前は……香月直哉なんだ」

千晶は大きな目を見開いた。

「香月……直哉？」

〝こうづき……なおや……〟

知っている。この名前を、自分は聞いたことがある。

『僕は香月直哉といいます。ここで数学を教えていますが、個人授業の英語なら教えてあげられます』……。

彼はそう言って、爽やかに笑った。

あれは……どこだった。

夏……とても暑い日だった。重いかばん。白い夏の陽射しの中から逃れるようにして、踏み込んだ……予備校の教務課の前。掲示板を見ていた千晶に声をかけてくれた……。

千晶は反射的に、両手で自分の口元を押さえていた。

「う……そ……」

すべての記憶が一気に巻き戻される。折りたたまれていた脳細胞が強引に開かれていく感覚。千晶は息をすることすら忘れて、ただ彼を見つめる。

「あな……たが……」

初めての恋。孤独な千晶に、微笑みかけてくれた人。

しかし、そのはかない恋は最悪の形で幕を閉じた。

「七年前、予備校の自習室で、君をレイプしたのは……俺だ」

月本……香月は苦しそうに言った。

「……許してくれとは……言えない。俺は……君にひどいことを……っ」

最悪のタイミングで訪れてしまった初めてのヒート。そして……。

千晶は引きつるような呼吸を取り戻す。香月が震える手で、千晶の背中をそっと撫でた。

「……すまない……謝って済むことだとは思っていないけれど……本当に……すまなかった……っ」

涙がすうっと頬に伝わった。

「……あなた……だったんですか……」

千晶の問いかけに、香月は頷く。

「……本当に……すまなかった……っ！」

香月の頬も濡れていた。泣くことなどあり得ないような強い男の涙に、ぎゅうっと千晶の胸も痛くなる。

〝この人も……苦しんできたんだ……〟

千晶はそうっと、愛《いと》しい男の背中に腕を回す。そっと体温を伝える。複雑な心の内を伝える。

あなたを憎むことはできない。あなたに……僕は恋をしていたのだから。

間違いなく、あれは恋だった。あまりにはかなくて、淡くて……でも、あれは間違いなく、千晶の初めての恋だった。

寄り添う千晶の甘い体温と静かに落ち着いてきた呼吸に、香月の肩の力も少しずつ抜けていく。

「千晶、正直に言ってほしい」

香月の真摯な声。

「真尋くんは……桜庭先生の子ではなく……君の子じゃないのか？」

「……はい」

わずかに震える声で問われて、千晶は頷いた。

「真尋は……僕が産みました。あの時……十七歳で妊娠して、十八になってから産みました。真尋は……知りません」

一瞬絶句してから、香月はぎゅっと千晶を抱きしめた。

「千晶、君は……あの時、妊娠してしまっていたのか……？　真尋くんは……俺の子……

なのか？」

千晶はこくりと頷いた。

すべてが腑《ふ》に落ちた。

ショックでないと言ったら、それは嘘《うそ》だ。あの後、予備校に行った美南が憤慨して帰ってきたことを、千晶は覚えている。千晶に記憶を失わせる危険な薬物まで使い、予備校を抱き込んで、事件を揉み消した相手だ。そんな卑劣な男と目の前の香月のイメージはまったく重ならない。

しかし、真尋のことを考えると、やはり、あの時の相手は香月としか考えられなかった。知らない大人には警戒心をむき出しにする真尋が、香月にだけは最初から懐いた。まるで、父親に甘えるように。千晶と真尋と……香月。最初から、本当の親子のように笑い合って、寄り添い合うことができた。

〝真尋は……本当にこの人の……子だったんだ〟

「緊急避妊薬は……」

「姉が使ってくれましたけど……効きませんでした」

千晶はほんのりと微笑む。

「でも、効かなくてよかった」

「え……？」

「僕は……産みたかったんです。もしも妊娠していたら……産みたいと思った」

「千晶……」

千晶は幸せそうに微笑んでいた。もう涙は乾いている。

確かに不幸な過程を辿《たど》りはしたが……千晶の恋は終わっていなかった。千晶は真尋を産むことで、初恋を不幸な思い出として終わらせなかったのだ。

「僕はあの時、初めてのヒートで……身体もきちんとできていなかったから、子供を産むことは危険だと言われたし……父親のわからない子を産むことに賛成する人はいませんでした。でも……僕は産みたかった」

初恋の人の子供。身ごもることを許されたオメガにだけ与えられる幸せ。たった一時間あまりで終わってしまった淡い初恋の忘れ形見を、千晶はどうしても手放すことができなかった。

「……ごめん」

香月は千晶を抱きしめる。

「本当に……ごめん。俺は……君に取り返しのつかないことをしてしまった。俺は、君と妊娠契約を結んだあいつと……同類だ」

「月本……いえ、香月先生……」

千晶は香月の胸に顔を埋めていた。彼の鼓動を耳にしていると、不思議と落ち着く。

「あなたは……彼を知っているのですね？」

「……え」

「もしかしたら……彼に声をかけられたのではありませんか？　僕を……襲うパーティに来ないかと」

千晶の声は穏やかだった。少しも香月を責める様子はなく、いつものようにその声は柔らかい。

「……俺は誘われていない」

香月は苦い口調で言った。

「それは本当だ。ただ……あいつは俺に言ってきたんだ。オメガの……美青年カウンセラーを飼うことにした。おまえも……よく知っているやつだと」

「……」

「あいつは、俺の幼なじみのようなやつで……アルファである親同士のつき合いもあったから、大学まで学校も一緒だった。だが、友達じゃない。あいつは……俺をライバル視というか、敵視しているようなところがあって、何かと張り合ってきた。俺が予備校でバイトしてた時も、いつの間にか同じ予備校でバイトを始めていて……」

「え……？」

何かが引っかかった。

「同じ予備校でアルバイトしてたって……」

「ああ」

香月は苦々しげに言った。

「あいつ……小林は君のことを覚えていたよ。あの時……二日酔いで体調を崩して、バイトを休まなければ、高校生のオメガの初ヒートをたっぷり楽しめたのにってな」

小林という名には、聞き覚えがあった。そうか。あの時、体調不良で千晶の個人授業をキャンセルしたのが、今回の妊娠契約の相手だったのか。

そして、改めてぞっとする。

千晶が自習室でヒートを起こし、レイプされてしまったことは、やはり広まっていたのだ。

「え、でも……っ」

政治家の御曹司……小林という男は、アルファだと聞いていた。

「待って」

千晶は混乱し始めた思考を必死にまとめる。やはりヒートの影響があるのか、なかなか頭がクリアにならない。一気に押し寄せてきた過去と現在が上手くリンクしない。

「……アルファである彼が張り合うっていうことは……あなたもアルファじゃないの……？」

香月が千晶を襲った相手なら、間違いなくアルファだ。そして、さきほどの激しい情交の中で見た、彼の銀色の瞳。『S』と呼ばれる、特に能力の高いアルファ独特の形態変化だ。感情が高ぶったり、強い力を発揮しようとする時に、彼らは瞳の色が変わる。

「え、でも……ベータって……」

医師である香月が、アルファである可能性は低いと思っていた。そして、事実彼のバース登録はベータでなされている。美南が調べてくれたのだから、間違いないはずである。

「俺は、遅発性アルファ症候群なんだ。だから、最初のバース診断時には、ベータだった。登録はそのままにしてあるから、俺はベータとして生きている」

香月が言った。

『遅発性アルファ症候群』。ごくめずらしい先天性疾患だ。ベータとして生まれた者が、原因不明の突然変異によって、途中からアルファに転じる疾患で、アルファに転じる過程で、血液成分の混乱によって、白血球の異常増加や血小板の減少などを引き起こす。急激な身体の成長を伴うこともあり、その結果、関節痛や、場合によっては、骨端線の離解が起きる場合もある。また、この疾患の患者は、アルファに転じた後、一気にアルファとしての能力が開花して『S』になることが間々あると報告されている。

「疾患としての症状は軽かったせいか、二十歳《はたち》の時にスキーで大ケガをして入院した時に血液検査をするまで、俺は自分がアルファになっていることを知らなかった。家族は……

喜んだけど、でも……俺はアルファになんかなりたくなかった。父がアルファだし、兄もそうだから、そういうこともあるかなとは思ったけど……俺は医者になりたかったし、臨床系の医者になるとしたら、アルファの体質は邪魔なだけだ」

香月は苦々しげに言う。

「あいつみたいに、アルファであることを誇るのが理解できない。俺がベータのくせに、周囲にアルファとして見られることが悔しいと言って、何かと張り合って……君が俺のウィークポイントだと嗅《か》ぎつけて、君にひどいことを……しようとした」

香月の栗色の瞳が、一瞬銀色に光る。

「……許せない。絶対に」

千晶はそっと手を伸ばして、香月の髪に触れた。柔らかい髪はしっとりと千晶の指に絡む。軽く握りしめると、香月がこわばった頬をゆるめて、くすりと笑った。

「ちょっと痛いかも」

「ご、ごめんなさい……っ」

彼がここにいるのだと確認したかった。千晶を抱きしめている甘い体温が彼のものだと、もう一度確認したかったのだ。

「でも……あなたは、さっきまで……僕のフェロモンに……いいえ、オメガのフェロモンに反応しなかった。薔薇の棟での診療も普通にやっていた。……どうして？」

アルファであれば、オメガのフェロモンには抗《あらが》えないはずだ。事実、大学生時代の香月は自分を見失って、高校生の千晶をレイプしてしまっているのだ。

しかし、今の香月は、ヒート中のオメガもいる薔薇の棟の診療を淡々と続けていた。

「……間違いを二度と犯したくなかった」

香月が千晶をぎゅっと強く抱きしめる。

もう離さない。離したくない。そんな一途な思いが伝わってくるような抱擁だ。

「信じてもらえるかどうかわからないが……君を……傷つけてしまったことを、俺は半年間、思い出せなかった」

どう言えば伝わるのか。どんな言葉を選べばいいのか。香月は迷い、戸惑いながら、必死に言葉を紡ぐ。

「俺は、遅発性アルファ症候群のせいなのか、オメガのフェロモンに対する反応が鈍かった。もちろん、フェロモンはわかるし……そういう欲求がゼロなわけじゃない。でも、よく世間で言われるような……我を忘れて襲いかかるような……そんな強い性的な欲求を覚えたことはなかったんだ。あの時まで」

初夏の予備校の教務課前。二人は運命に導かれるようにして出会った。

「……千晶を初めて見た時、なんて可愛いんだろう……きれいなんだろう……って思った。目を奪われて……声をかけずにはいられなかった。千晶の個人授業をやりたいって、教務に申し出た時に、君がオメガだと聞いた。……オメガの生徒だから、やめておけと言われた。でも、俺はどうしても、君の傍に行きたかった。たとえ、君がオメガでも、俺は大丈夫だと思っていた。アルファといっても、俺は中途半端なアルファだ。オメガの傍にいても、大丈夫……俺は、自分のことが少しもわかっていなかった」

「香月先生……」

「君が突然のヒートを迎えた時……俺は、君の香りに溺れた。わけがわからなくなった。俺が……自分のしたことを思い出したのは……その年の冬だった。母の誕生日で……大きな薔薇の花束を抱えさせられて……その時、突然、すべてを思い出した」

千晶のフェロモンは、薔薇に似た香りがするのだと言う。記憶の底に沈んでいた薔薇の香りが、本物の薔薇の香りに誘発されて、ふわりと浮かび上がってきたのだ。

「泣き叫ぶ君を……俺はレイプした。何度も何度も……君を犯した。そのすべてを思い出した。後悔と……自分に対する怒りで、部屋に引きこもり、狂ったように暴れる俺に、兄貴が言ったんだ。……こうなることがわかっていたから、記憶を封印したんだ……ってね」

「記憶を封印……？」

千晶は違法な薬物を使われたが、まさかアルファの家系の一族がそんなものを使わないだろう。

「……どうやって？」

首を傾げる千晶に、可愛くて仕方がないというふうに、香月はキスをする。頬にキスをし、瞼にキスをし、そして、甘く唇に。唇をふわりと重ね、軽く吸い上げる。可愛らしい音を立てて、そっとキスが解かれた。

「……ヒプノセラピーだ」

「ヒプノ……催眠術？」

「ああ。アルファは精神的な負担の大きい仕事に就くから、そのメンタルを守るために、皆それぞれ、かかりつけのヒプノセラピストがいるのが普通だ。俺の記憶を操作したのは、親父のかかりつけのヒプノセラピストだった。自分のやったことを全部思い出した俺は……君を探した。予備校や、制服を覚えていたから、君の通っていた高校や……あちこち探し回ったけど、君はすでに退学して、姿を消していて……どうしても探し出せなかった」

千晶は頷いた。

「……妊娠しているのがわかって……僕は姉以外の家族と縁を切ったから。なるべく、実家からも学校からも遠いところに行こうって……家を出たから」

「……ごめん……」

香月がきつく唇を噛みしめる。

「俺は……君から何もかもを奪ったんだな……」

千晶のこめかみにキスをし、唇を震わせる香月に、千晶は頭を振った。

「ううん……」

「千晶……」

「あなたは」

千晶のしなやかな手が、優しく香月の頬を包む。

千晶は今まで一番美しく微笑む。

「僕に……すべてを与えてくれた」

愛されることも愛することもなかった孤独な千晶が授かった、大切な分身。

「あなたは、僕に真尋を与えてくれた。僕が生まれて初めて好きになった人が……あなたでした。記憶を消されてしまった僕は、あなたの顔も声も覚えていなかったけれど、あなたのぬくもりや優しさや……あなたに感じた胸のときめきは、ちゃんと覚えていました。あなたは……僕がたった一人、愛した人で……僕に愛を与えてくれた人です」

「千晶……っ」

抱きすくめられる。痛いくらいにきつく抱かれる。彼の瞳に浮かぶ銀色の輝き。

「……君の……うなじを噛みたい」

「え……」

アルファがオメガのうなじを噛む。それは永遠の契約だ。永遠に、お互いを唯一の存在にするという契約。

「先生……」

「あの時……俺は君のうなじを噛むことができなかった。君に強く惹《ひ》かれながらも……君の人生を背負う覚悟ができなくて、君のうなじを噛むことができなかった」

しかし、今ならと、真摯な瞳をした人は言う。

「千晶、俺を……君の番にしてほしい……」

香月の長い指が、今、千晶が唯一身につけているネックガードに触れた。千晶のネックガードは、チタン製で、コードナンバーを打ち込んで解錠する、最もガードの固いタイプだ。

「君を……俺だけの千晶にしたい」

くらりとめまいがするほど、甘い愛の告白。千晶は思わず目を閉じる。

震える瞼と唇。こくりと小さく喉が鳴る。彼の指がネックガードを幾度も撫でた後、すっと滑り降りて、千晶の胸で震える鴇色の乳首をきゅっと摘まんだ。

「あ……っ」

悩ましい声が洩れる。抑制剤で抑えられているはずの薔薇の香りがふわりと濃厚に香る。千晶の指がネックガードに伸びた。

「……ん……」

彼に口づけられる。唇を深く重ね、とろりと甘い舌を絡ませながら、彼の指が、千晶のぷくりとふくらんだ乳首を弾《はじ》く。細い腰を抱き寄せられながら、千晶はネックガードの合わせ目にある小さなボタンにコードを打ち込んだ。一度コードを間違えてしまったら、もうユーザーは外せなくなるネックガードは、千晶が誰とも番を結ばないとの決心の表れだ。それを今、外す。コードを打ち込み、金色のエンターキーを押すと、カチンッと微かな音を立てて、ガードが外れた。

「千晶……」

白いうなじ。誰にも触れさせたことのない、細い首筋。

「千晶……っ」

香月の唇が触れる。その肌の滑らかさと、むせかえるほどの薔薇の香りを唇で感じて、そして。

「……っ！」

きつく歯を立てる。白く清潔な犬歯が、千晶のうなじに食い込む。

「あ……ああ……っ！」

痛みとともに流れ込んでくる熱いエナジー。うなじから背筋を通って、その熱は千晶の体内を駆け巡り、焼き尽くす。

「ああ……ん……っ！」

挿入もされていないのに、一気に高みに駆け上がってしまう。うなじにきつく歯を立てる香月に後ろから抱かれて、千晶は愛撫《あいぶ》されている胸を突き出すようにして、思い切り背を反らせ、仰け反ったまま、全身を震わせていた。滑らかな太股に熱いしずくが幾筋も滴り、ぽたぽたとシーツに落ちて、吸い込まれていく。

「はぁ……はぁ……あ……あ……っ」

「千晶……っ」

真っ赤な血を滲《にじ》ませる噛み痕に口づけながら、香月は千晶を背後から抱いた。うつ伏せにした千晶の両足を大きく開かせ、下腹を両手で抱え上げる。

「あ……っ！　ああ……っ！」

深々と繋がる。さっきまでの情交とは明らかに違う感覚に、千晶は翻弄《ほんろう》されていた。

「ああ……ん……っ！　い……いい……っ！　ああん……っ！　気持ち……いい……っ！」

恐ろしく快感が深い。激しく突き上げられなくても、挿入されるだけで、熱いしずくがひっきりなしにこぼれて、高い喘ぎ声を抑えられない。

「すごく……気持ち……いい……あ……イ……イク……っ」

「千晶……熱い……」

うなじに柔らかい彼の舌が這う。大きく固くふくらんだ鴇色の乳首と、とろとろとしずくをこぼし続けるものを両手で愛撫されながら、千晶は無意識のうちに、細い腰を振る。

「あ、あ、あ……っ！」

「千晶……千晶……っ」

「イ、イク……っ！　ああ……イッちゃう……っ」

普段の慎み深さをかなぐり捨てて、快感に瞳を潤ませ、白くしなやかな身体を震わせて愛撫に応《こた》える千晶が、たまらなく愛おしい。

「……っ！」

「ああ……っ！」

千晶の中に、すべてを入れる。ひくひくと震えるところに熱く高ぶったものを思い切り突き刺して、そして、すべてをそこに。

「……愛してる……」

最高のエクスタシーに、まだ震えている身体を抱きしめて、香月は熱く甘くささやく。

「……俺の……ものだ」

もう二度と離さない。

俺の……僕の……愛しい番。

ACT 9

窓辺には、ピンク色の薔薇がふわっと生けられていた。

薔薇の棟、カウンセリング室の窓のうち、一つだけが出窓になっていて、そこにはいつも花が生けられている。今日の花は、パールピンクが美しい薔薇だった。グリーンを入れることなく、茎を長く切った薔薇を無造作に、ふんわりと生けたアレンジは、そこだけスポットライトを浴びているかのように、輝いて見えた。

「おはようございます」

静かに入ってきたのは、あの薔薇の棟に侵入してきたベータに襲われた男性クライエントだった。

「先生、ヒートだったんですか？」

オメガが一週間以上休んでいれば、お察しである。千晶は笑って頷いた。

「そうです。お待たせして、申し訳ありませんでした」

「あれ……？」

クライエントは、千晶の笑顔にきょとんとしている。

「なんか……先生、変わった感じがする……」

「そうですか？」

窓辺から、微かに甘い薔薇の香り。千晶は微笑んだ。

「じゃあ、今日のお話を始めましょうか」


千晶が軟禁されていたマンションを出て、美南と真尋と暮らす家に戻ったのは、ヒートを抜けたその日だった。

「……寄っていけばいいのに」

職員住宅の前まで送ってくれた香月に、千晶は言った。

「お姉ちゃんと真尋、きっと喜ぶのに」

「いや、今日はやめておく」

苦笑した香月の頬には、なぜか薄青いあざが見える。どこかにぶつけたのかと思いながら、千晶は手を伸ばして、彼の腕に軽く触れた。

「……お姉ちゃんと真尋に言います」

香月と番になったことを。

「うん」

香月はヒートの間中、千晶を抱いてくれた。抑制剤を服用し、うなじも噛んでもらったので、ヒートは楽になっていたが、それでも離れたくなかった。結局、ヒートから抜けるまでの五日間、千晶は香月の腕の中にいた。

「でも……僕、仕事に戻りたいとつぶやいた千晶に、大丈夫なんでしょうか……？」

病院に戻って、香月はあっさりと「戻ればいい」と言ったのだ。

「大丈夫だよ。マンションにも、やつら来なかっただろ？」

「あ……」

ヒートに入っても、千晶は契約相手に連絡を取らなかった。当然である。すでに千晶は、香月と番になってしまったのだから。番の関係を結んでしまったら、もう他の相手とセックスはできない。身体が受け入れなくなってしまうのだ。

「千晶は、何も心配しなくていい」

彼はそう言うと、軽く千晶の頬にキスをして、去っていったのだった。

「……帰ろう」

たった八日間留守にしただけなのに、自宅のドアの前に立つと、泣きたくなるくらい懐かしかった。

そっと家に入ると、すぐにぶつかってきたのは、真尋のあたたかい身体だった。

「千晶っ！」

真尋はぽろぽろと涙をこぼしていた。

「おかえり、千晶っ！」

泣きながら、千晶に抱きつく真尋の後ろに、美南が立っていた。彼女の瞳も潤んでいる。帰ることを連絡しておいたので、きっとベランダからでも見ていたのだろう。

「……おかえり」

「うん……」

千晶は真尋を抱き上げる。もう大きくなっていて、抱っこをねだられても首を横に振っていた千晶だったが、今日は特別だ。

「ただいま、真尋」

涙でぐしょぐしょになった頰を押しつけて、真尋は千晶に甘える。

「千晶……もう、しゅっちょう行かないでね」

「え……？」

思いがけない真尋の言葉に、千晶は思わず美南を見た。優しい姉は唇の前に指を立てている。どうやら、美南は千晶の不在を『出張』としていたらしい。

〝ありがとう……〟

唇だけで言うと、美南が頷いた。

「千晶、僕ね、クリスマス会で、東方の三博士の役をやるんだよ。それからね……」

千晶が不在にしていた間のことを、真尋は一気に話そうとする。

「クリスマスツリーをね、新しいの、ママが買ってくれるって……」

可愛い真尋。大切な……千晶と彼の愛の結晶。どうして、この子を置いていけたんだろう。この子と離れることなんて、あり得ないのに。

「ほーら、真尋。千晶が困ってるじゃない。千晶は疲れてるんだから、ソファに座らせてあげなさい」

「だって、ママ」

真尋は千晶にしがみついて離れない。

「僕、千晶にいっぱいいっぱいお話ししたいことがあるんだもん！」

「はいはい、わかったから。千晶は逃げないから、落ち着きなさい」

美南はそっと滲み出した涙を拭って、笑った。

「千晶、晩ごはん、何にする？」

しゃべり疲れ、はしゃぎ疲れて、真尋はあっけなく寝入ってしまった。すべすべとした額に軽くキスをして、千晶はベッドサイドを離れ、そっとドアを閉める。リビングに戻ると、ソファに座った美南が、めずらしくウイスキーのロックを飲んでいた。いつもはビールかワイン党なのだ。

「あんたも飲む？」

「……そうだね。少しだけもらおうかな」

キッチンに行き、グラスとミネラルウォーターのボトルを持って、再びリビングに戻る。ソファに座って、グラスにウイスキーをほんの少し入れて、水で割った。

「……大変だったね」

美南がぽつりと言った。

「よく……頑張ったね」

「……ごめん。心配かけて」

千晶は姉の肩に軽くもたれかかった。

「……あのね、僕……月本……香月先生と番になったんだ……」

「……きれいだね、これ」

美南の指が、千晶のネックガードに触れた。今までしていたチタン製のシンプルなものではなく、繊細なアラベスク模様が施され、小さなダイヤがはめ込まれた、とても美しいものに替わっていた。今日、ここに帰ってくる直前に、香月にはめてもらったものだ。

「……あんた、愛されてるんだ……」

「うん……」

『愛されている』。こんなにシンプルなのに、こんなに重くて、遠かった言葉。

「……昨日、あの人、ここに来たんだよ」

オンザロックを舐めながら、美南が言った。

「え……っ」

千晶は思わず顔を上げて、美南を見る。

「あの人って……香月先生……？」

「ダーリンくらい言ってあげなよ」

美南は笑っている。

「あたしにぶっ飛ばされるの覚悟して、ここに来たんだから」

「ぶっ飛ばされるって……」

昨夜《ゆうべ》、千晶は気絶したのかと思えるくらい深く眠った。ヒート抜けの夜はたいていそうだ。千晶がぐっすり眠っているのを確認して、香月はここに来たのだろう。

「入ってくるなり、いきなり謝られちゃってね。何がなんだかわからなくて、きょとんとしてたら、自分が真尋の父親だって言うじゃない。もう躊躇《ちゅうちょ》なく、グーで殴ったわよ」

「お、お姉ちゃん……」

エクササイズではあるが、美南はボクシングの経験がある。なるほど、香月の頬にあざがあったのは、美南のパンチをまともに食らったからだったのか。

「ほんと、もう二、三発くらわしてやろうと思ったんだけど、なんか……強姦魔《ごうかんま》には見えなくてねぇ。とりあえず、話だけは聞いてやろうと思ったわけ」

美南はからりと氷を鳴らした。

「……あの人、あんたとは違う手段だけど、やっぱり記憶を操作されてたんだってさ。で、自分のやったことを思いだしたのが、半年後」

「うん……」

「あの人なりに、千晶のことは探してくれたみたいだけど、あたしがあんたを連れて、逃げた後だからね。まぁ、探偵とか使われたら見つかったかもしれないけど、そこまではできなかったって言ってた。あんたが逃げている以上、追いかけることはできないってね」

美南はぐいとウイスキーを飲む。

「ごめん、千晶。あんたが幸せになるのを阻んだの、あたしかもしんない」

「そんなこと……」

あの時の美南は、誰からも祝福されない妊娠をした千晶を守るために必死だった。美南がいてくれなかったら、千晶は……命を絶っていたかもしれない。それほど、あの時の千晶は追い詰められていた。それでも生きていられたのは、お腹に宿った命のおかげだ。

「……あの人がなんでアメリカに行ったのか、あんた知ってる？」

「え？　ううん……」

彼とは話したいこと、話さなければならないことがたくさんあるのだが、抑制剤を服用しているとはいえ、ヒート真っ最中のアルファとオメガだ。なかなかじっくりと会話をするという雰囲気にはならない。

「あんたさ、ばりばりアルファの彼が、なんで平気で医者やってられると思う？」

「あ……」

「うちには、薔薇の棟があるんだよ？　あたしみたいなベータにだってわかるレベルのヒート期のオメガだっている。そこにあの人は平気で入っていってる。おかしいと思わない？」

千晶は頷いた。

彼は、千晶の発散する濃厚なフェロモンにも、自分を失うようなことはなかった。初めての時は、一瞬で自失状態になって、襲いかかってきたのに、今回は、千晶の方が我を忘れても、彼は最後まで自分を保っていたと思う。その証拠に、千晶の身体は少しも傷ついていない。ヒート期の男性オメガは、過剰なセックスから身体を守るために、かなり大量の体液が分泌されるが、それでも荒淫によって、ケガをしたり、最悪の場合、死んでしまうオメガもいる。しかし、ヒートの間中、セックスを続けたにもかかわらず、千晶の身体はまったく傷ついていなかった。それだけ、香月の方がコントロールしていたということになる。

「アメリカにさ」

美南は空になったグラスにウイスキーを注ぎ、千晶が持ってきたミネラルウォーターで割った。

「アルファ専用の抑制剤がある。内服薬じゃなくて、自己注射のタイプ。はっきり言って、強力すぎてやばいレベル。何せ、オメガを犯《や》り殺す異常性欲アルファの治療に使うやつだからね。量を間違えたら、インポになるどころか、死ぬか廃人」

「そ、そんなのが……あるの？」

「日本では認可されてないよ。まぁ、日本じゃ、その手の異常性欲者はほとんどいないからね。やっぱり、アメリカだわ。母数が多いとなんでもありだ」

美南は半ば呆れたように言った。

「で、彼氏はそいつを自己投与している。今は、アメリカから個人で輸入して使用しているんだってさ。そりゃ、そこらのオメガになんて反応しないよ。オメガと見れば、片っ端から襲いかかって犯り殺しまくってるやつらを、一発で黙らせる薬だからね」

「そんなの……常用して、大丈夫なの……？」

震える声で尋ねる千晶に、美南は肩をすくめた。

「大丈夫じゃなくても、彼氏は、その薬を求めて、アメリカに行ったんだからね」

「どうして……」

美南は手を伸ばすと、弟の髪をぐりぐりと撫でた。

「お、お姉ちゃん……っ」

「……二度とあんたを傷つけたくない。彼氏はそう言った」

「僕を……？」

少し酔っているのか、美南の目は薄赤く潤んでいる。

「すべてのオメガを、彼氏はあんたと重ねてるんだね。二度とオメガに襲いかかったりしたくない。後悔で……死にたくなるようなことはしたくない。ある意味、壮絶だし、かわいそうなくらい……真面目《まじめ》なやつだよ」

美南は、弟の肩をぎゅっと抱きしめる。

「……あんたをレイプしたやつに会ったら、ぎったぎたにしてやろうと思ってたのにさ、あんなに真面目で、真剣にあんたを愛しているとか言われたら……一発殴るくらいのことしかできないよ」

「……うん」

指先で美しいネックガードに触れて、千晶は頷く。

彼につけられた噛み痕は、まだ少し疼く。彼と番になった瞬間のことを思い出すと、今でも身体が熱くなってしまう。

「……アメリカで働いていた時、たまたまあんたのインタビュー記事を見つけて、あんたがちゃんと生きてて、ものすごい美人になってるの見て、もう矢も盾もたまらなくなって、帰ってきちゃったんだってさ。結局……あの人もあんたが初恋で……一目惚《ひとめぼ》れだったんだって言ってた」

「僕が……初恋……？」

千晶はびっくりしたようにつぶやく。

「な、ないないっ！　だって、どこからどう見てもアルファで、あんなにかっこよくて、優しくて……」

「あー、もうあんたたちののろけには、お腹いっぱいだよ」

美南がぱたぱたと手を振る。

「アルファってさ、憧れられたり、愛されたりするのが当たり前だから、能動的に人を愛することがあんまりないような気がするんだよね」

「それは……オメガも同じだから」

千晶はひっそりと言った。

「僕も……あの人が初恋だったから……」

「まったく……っ」

美南がばんっとグラスを置いた。唐突に、千晶をぎゅうっと抱きしめる。

「お、お姉ちゃん？」

「まったく……なんつーロマンティストなのよ。二人とも……っ！」

ぽとっとあたたかなしずくが、千晶の肩に落ちる。

「初恋を……成就させるなんて……。初恋を忘れられずに……ずっとずっと思い続けて……困難みんななぎ倒して、手に手をとって、ゴールインするなんて……っ」

「……お姉ちゃんのおかげだよ」

千晶も姉を抱きしめる。

「……ありがとう、お姉ちゃん……」


そっとドアを開けて入ったつもりだったのに、ベッドでぐっすり眠っているはずだった真尋がぽっかりと目を開けた。

「ごめんね。起こしちゃった？」

千晶がベッドに近づくと、真尋はひょいとふとんを持ち上げて、ぽんぽんと自分の横を叩《たた》いた。

「千晶、一緒に寝よ」

一眠りして、目が冴《さ》えたらしい。真尋はにこりと可愛く笑った。

大切な一人息子の笑顔に逆らえるはずがない。千晶はさらりと真尋の髪を撫でる。

「今日だけだよ」

「この前もそう言った」

「そうだっけ」

千晶がベッドに滑り込むと、真尋が抱きついてきた。小さな手を伸ばして、千晶がつけているネックガードに触れる。

「千晶、これすごくきれいだね」

髪の毛のように細いエッチングが描くアラベスク模様。ごく小さいが、強くきらめくようにカットしたダイヤがいくつかはめ込まれて、きらきらとした輝きを降りこぼす。首全体を覆うような形だった前のものに比べて、幅は細めで、香月がつけた噛み痕が少しだけのぞいているのが、たまらなくセクシーだ。

「……僕の大切な人が贈ってくれたんだよ」

千晶は穏やかに言った。

今なら言えそうだ。心は満たされて、とても静かに凪《な》いでいる。きっと、真尋の反応も受け止められる。

「真尋」

「なぁに？」

真尋の目は、香月に少し似ている。千晶のような真っ黒な瞳ではなく、栗色の部分が大きくて、お人形のガラスの瞳のようだ。それに眉が太くて、きりりとしていて、確かに香月に似ている。

「……真尋はね……僕の子なんだよ」

「……うん、そうだよ？」

真尋は「何を言っているの？」という顔をしている。

「僕は千晶の子供だよ？」

「……そうじゃなくて」

千晶は首をゆっくりと横に振る。

「真尋はバース性のことは知ってる？」

「知ってるよ。僕も血を採られたもん。僕はアルファだよ」

「そう。ママはベータで、僕はオメガ。オメガってわかるよね？」

「うん。オメガは、男の子でもママになれる。千晶もそうでしょ？」

「え」

あっけらかんと真尋に言われて、千晶は一瞬言葉を失う。

「……真尋……？」

「僕を産んだママは、千晶でしょ？　だから、僕は千晶の子供だよね」

「……真尋……知ってたの？」

震える声で確認する。真尋はそうだよと頷いた。

「いつだったかな。ひなぎく組になった時だったかな。ママが言った。真尋は千晶が命がけで産んでくれた子なんだから、あんたも命がけで千晶を守りなさいって。この前も言われたよ。あんたはアルファなんだから、オメガを守らなきゃいけない。それがアルファのえーと……使命？……なんだからって」

優しくて、強い美南。彼女は、とっくにハードルを越えていた。そして、真尋にもハードルを越えさせていた。一歩踏み出せなかったのは、千晶だけだった。

「……ありがと、真尋」

千晶は愛しい我が子を抱きしめる。

「ありがとう……」

「うん」

真尋はこくりと頷くと、千晶の胸に顔を埋める。

「……もうどこにも行かないでね」

眠くなってきたのか、少し舌足らずな口調で、真尋が言った。

「ずっと……傍にいてね」

「うん……真尋」

もう、絶対に君を離したりしない。ずっとずっと傍にいる。

「……もうどこにも行かないから……安心しておやすみ」

「うん……」

ふわっとあくびをして、真尋は目を閉じる。

「……大好き、千晶……」

ACT 10

久しぶりにオープンエアーのカフェに来た。

三月もうそろそろ終わりだ。膝掛けはあった方がいいが、さすがにストーブはもういらない。

「僕ねぇ」

メニューを眺めながら、真尋が言った。

「桜のシフォンケーキがいい」

「そんなのあるの？」

「うん」

千晶がメニューを覗き込むと、淡いピンクのクリームでふわふわに覆われたシフォンケーキの上に桜の花びらがのった可愛いお菓子があった。

「俺はアップルパイ」

香月があっさりと言う。真尋があははと笑った。

「先生、いつもそれだね」

「大好物だからな」

「千晶の作ったのの方が美味しいのに」

「うん、それは認める」

二人の会話を微笑んで聞きながら、千晶はオーダーを済ませた。

「それで？　美南先生、結婚式は？」

オーダーを取りに来たギャルソンが下がると、香月が言った。千晶は笑って、首を横に振る。

「そんなの死んだってしないって」

「死んだってって……美南先生らしいな」

香月も笑う。

千晶が香月と番になってじきに、美南が結婚すると言ってきた。相手は、同じ産科の医師で、学生時代からのつき合いなのだという。

『今さらどうでもいいんだけど……あんたと香月先生の過剰なラブラブオーラ見てたら、馬鹿馬鹿しくなったのよ』

そんなふうに毒づいて、美南は結婚の意志を告げた。

「……ずっと待っていてくれた人なんだって？」

「僕が……お姉ちゃんの幸せを奪ってしまっていたんだよね」

千晶はため息をついてしまう。そんな千晶の手を、そっとテーブルの下で、香月が握ってくれる。

「そう思うなら、もっともっと幸せになって、美南先生を安心させなきゃならない」

「……うん」

今年の初めに、薔薇の棟は、聖マルガレーテ総合病院から独立した。今はまだ、病院の中にあるが、四月には同じ敷地内に新しい建物ができて、そちらに移る。経営は聖マルガレーテ修道会だが、そのバックアップをするのは、香月の実家である巨大コングロマリットだった。

政治家二世である小林との間に妊娠契約を結ばされた千晶を助けるために、香月は実家の顧問弁護士に相談したのだ。その弁護士は、香月の子供の頃の家庭教師だった人で、何かと相談に乗ってくれる人なのだという。彼は、すぐに千晶にも会ってくれて、悪いようにはしないと約束してくれた。

それからの展開は、千晶もびっくりするものだった。香月と弁護士は、実家の父と兄にかけ合って、薔薇の棟への融資を引き出した。聖マルガレーテ修道会に巨額の資金援助をして、薔薇の棟を独立させ、巨大企業としてのノブレスオブリージュを果たすというものだった。

香月の父と兄にも、千晶は会ったが、二人とも美しく聡明《そうめい》な千晶を香月のパートナーとして認めてくれ、そして、過去の事件についても、部下たちが千晶に対して違法な薬物を使ってしまったことを真摯に謝罪してくれた。その上で、真尋のことも香月の子供として認め、千晶とともに正式に籍に入れることになった。

「……あの人……逮捕されたんだって？」

千晶はそっと言った。真尋は、運ばれてきたケーキに歓声を上げている。

「親子ともどもな。父親は贈収賄。息子は複数の暴行罪だから、実刑は免れない。彼らはもう終わりだよ」

香月がさらりと言った。

香月とその父、兄を見ていると、本当のアルファの凄《すご》みを感じる。生まれながらにして、人の上に立つ宿命を背負う人の強い矜持《きょうじ》と揺るぎない意志。香月が選んだパートナーである千晶を貶《おとし》めた者に対する容赦のない攻撃には、凄まじいものがあった。香月の一族は全力を挙げて、政治家一族を叩きつぶしてしまったのだ。

「千晶、美南先生が結婚したら、君と真尋はどうするんだ？」

アップルパイをサクリとフォークで切り分けながら、香月が言った。飲み物はいつものフルーツティー。千晶のお菓子は、春限定の桜餅《さくらもち》だ。

「姉が……義兄《あに》のところに行くって言ってる。行くって言っても、同じ職員住宅だけど。義兄は今まで独身寮にいたんだけど、今度、家族用の職員住宅に移るんだって」

「千晶」

香月が言った。

「それだと、美南先生ご夫妻はダブルで引っ越しだよな」

「そうなるね。二人とも忙しいから、頭抱えてる」

黒文字で桜餅を切る。ふんわり焼いた薄紅色の皮と少し塩気のある餡子《あんこ》が、微かに桜の香りをまとっている。

「……それなら」

香月がにこりと笑った。彼の笑顔はとても爽やかだと思う。凛々しい顔に、ぱっと光が射すようだ。

「今、千晶と美南先生が住んでいるところに、美南先生ご夫妻に住んでいただいて、千晶と真尋は、俺と住まないか？」

「え……」

ずっと考えていたんだと、香月は言った。

「千晶も新しい環境になるし、真尋は小学校に入る。俺も大学の研究所に決まったし」

やはりアルファである香月が、オメガの受診が多い聖マルガレーテ総合病院に勤務していることはできなかった。千晶も、香月にこれ以上強力な抑制剤を使用させたくない。香月の感覚的に、香月が心身ともに強く引きずられ、衝動を抑えられない相手は、千晶だけらしいのだが、それはあくまで本人の感覚であり、エビデンスのあるものではないので仕方がない。香月は病院を退職し、遅発性アルファ症候群の研究をしている大学の研究所で働くことになった。

「いくつか候補を決めておいたんだ。よかったら、この後、見に行かないか？」

「えと……」

千晶は思わずうつむいていた。フルーツティーを注いだカップに、戸惑った表情が映し出されている。

「どうしたの、千晶？」

もくもくとシフォンケーキを食べていた真尋が、きょとんとして、千晶を覗き込んだ。

「どっか痛い？」

痛い。胸が痛い。苦しい。

幸せすぎて。あまりに幸せで、苦しくなる。

こんなに幸せでいいのかと……苦しくなる。

「千晶……」

香月が不安そうにしている。

違う。そうじゃない。

言わなきゃ。ちゃんと……言わなきゃ。

「あの……ね」

千晶は顔を上げた。ふわっと浮かぶ微笑み。その透き通る美しさに、香月が言葉を失っている。内から輝き出すような、幸せの微笑み。

「僕も……あなたに言わなきゃいけないことがある」

「え」

大丈夫。そんなに不安な顔をしないで。千晶はそっと手を伸ばして、香月の手を握った。しなやかで大きな手。いつも千晶を優しく抱いて、包み込んでくれる手。

「……赤ちゃんができた……」

千晶はそっと言った。

「ヒートが来る気配がなくて……もしかしたらと思って、診《み》てもらった」

「千晶……っ」

香月が痛いくらいに千晶の手を握りしめる。

「本当か……？」

千晶はこくりと頷く。

昨日、義兄になる医師に診てもらい、妊娠していることがわかったのだ。

「……産んで……くれるか？」

香月が少し恐れるように言った。

「真尋を産む時、すごく大変だったって、美南先生に聞いたけど……産んでくれるか？」

「あの時は、身体も小さかったし……」

千晶は微笑んだ。その微笑みはあたたかくて優しくて、教会にある聖母像の笑みにどこか似ている。

「大丈夫。あなたとの赤ちゃん……ちゃんと育てて、ちゃんと……産むから」

「千晶、赤ちゃんできたの？」

ケーキを食べ終えた真尋が、目をまん丸くしていた。話を聞いていたらしい。

「僕、お兄さんになるの？」

「そうだよ」

千晶はきゅっと真尋を抱き寄せる。

「秋になる頃に、真尋はお兄ちゃんになるんだよ」

「ほんと？　やったーっ！」

真尋は大喜びだ。香月ともハイタッチして、喜びを爆発させる。

「女の子かな？　男の子かな？　ねぇ、どっちかな」

「まだわからないよ」

「ねぇ、先生はどっちがいい？」

「真尋にそっくりな男の子でも、千晶にそっくりな女の子でも、どっちでもいいよ」

木漏れ日の揺れるテーブルに、どこからか桜の花びらがひらひらと舞い込んできた。

春。幸せな春。

みんなで幸せになろう。手を取り合って、微笑んで幸せになろう。

薄紫に煙る、優しい色の春の空。

そっと手を伸ばして、千晶はふわりと舞ってきた桜の花びらをつかまえ、そして、また風に乗せる。

あたたかな春風に乗って、幸せが訪れる。

あなたに初めて恋をした、あの夏の日はもう遠い。

今日から、もっともっと……幸せになろう。

あなたを、君を……心から愛している。

あとがき

こんにちは、春原いずみです。

ラルーナ文庫さんでは、少しお久しぶりとなりました。春原初のオメガバース「アルファは薔薇を抱く～白衣のオメガと秘密の子～」です。楽しんでいただけたでしょうか。

実はこの依頼をいただくまで、オメガバースものをまったく読んでおらず、世界観から何から全然わからなかったことをここに告白いたします。調べれば調べるほどわからなくなってしまって、途中から「ファンタジーじゃっ！」と開き直り、独自設定もりもりとなったことをお詫びいたします。でも、書いている方はものすごく楽しかったです。医療ものというジャンルであるためか、普段書いているものはどうしても地に足が着きすぎる傾向にあったのですが、オメガバースというファンタジーを盛り込んだことで、いろいろと吹っ切れて、本当に楽しく書かせていただきました。いろいろと（笑）もりもりになっておりますが、一緒に別の世界に飛び立つことができたら、幸いでございます。

そんな今回のイラストは亜樹良のりかず先生に描いていただきました！　千晶の美少女っぷりと香月のスパダリっぷり、そしてそして、真尋の子猫っぽい可愛さにきゅんきゅんでございます。本当にありがとうございました！

安定の無茶ぶり（笑）編集のFさま、今までで最高（！）の無茶ぶりでしたが、今回も新しい世界の扉を開いていただいて、感謝です。いつも、ありがとうございます。

そして、この本を手に取ってくださったあなたへ。何だか、心がざわざわする日々が続いていますが、少しの間でも別の世界に飛んで、閉塞している日常を忘れるお手伝いができたら幸いです。昼稼業が医療職であるためか（といっても感染症との関わりは少ないです）、ダイエットもしていないのに七キロ痩せるという笑えない日々を送る私も、この本を書くことによって、確かに非日常の世界に遊ぶことができました。あなたもそうであることを心から願っております。

また、元気にお目にかかれる日が来ることを祈りつつ。SEE YOU NEXT TIME!

春原いずみ

本作品は書き下ろしです。

ラルーナ文庫

この本を読んでのご意見・ご感想・ファンレターなどお待ちしております。〒111−0036 東京都台東区松が谷1−4−6−303 株式会社シーラボ「ラルーナ文庫編集部」気付でお送りください。

アルファは薔薇《ばら》を抱《だ》く
～白衣《はくい》のオメガと秘密《ひみつ》の子《こ》～

2021年2月7日　第1刷発行

著　　　者｜春原《すのはら》 いずみ
装丁・DTP｜萩原 七唱
発　行　人｜曺 仁警
発　行　所｜株式会社 シーラボ
〒111-0036　東京都台東区松が谷 1-4-6-303
電話　03-5830-3474／FAX　03-5830-3574
http://lalunabunko.com
発　売　元｜株式会社 三交社（共同出版社・流通責任出版社）
〒110-0016　東京都台東区台東 4-20-9　大仙柴田ビル 2 階
電話　03-5826-4424／FAX　03-5826-4425
印刷・製本｜中央精版印刷株式会社

ISBN978-4-8155-3253-6

LaLuna

毎月20日発売！ラルーナ文庫 絶賛発売中！

君と飛ぶ、あの夏空
～ドクターヘリ、テイクオフ！～

春原いずみ｜イラスト：逆月酒乱

将来有望な彼がなぜ遠く離れたこの病院へ？
脳神経外科医×救命救急医のバディラブ

定価：本体680円＋税

三交社